여드름 필 무렵

여드름
필
무렵

추풍령중학교
'도담도담'이
만난

일상, 마을, 역사

추풍령중학교 책쓰기 동아리 '도담도담' 지음

한티재

여는 글

여드름 필 무렵의 소박한 기록들

아아아, 소리 나는 기계를 달래고 있습니다. 아아아~ 제 목소리 잘 들리시나요? 아아아~ 제 목소리가 잘 들리신다고요? 그럼 본격적으로 이야기를 시작해 볼까요?

여기는 충북 영동 추풍령면에 있는 전교생 마흔세 명의 작은 학교, 추풍령중학교입니다. 우리 학교는 숲속에 자리 잡고 있어 사계절 자연의 변화를 모두 배움의 재료로 활용하고 있어요. 그래서 '모두가 행복한 숲속 배움터'란 애칭으로 불리기도 하지요.

참, 우리 학교에 꽃이 활짝 피었습니다. 어떤 꽃들이 피었을까요? 개나리꽃, 목련, 벚꽃, 동백꽃이 활짝 피었다가 지고, 지금은 등나무꽃이 달콤한 향기로 유혹합니다. 그. 리. 고. 여드름꽃도 활짝 피었습니다. 어디에 피었을까요? 추풍령중학교 학생들 얼굴 얼굴에 활짝 피었지요. 그렇게 여드름꽃 활짝 핀 아이들과 국어 교사인 제가 만나 '도담도담'이라는 이름의 동아리를 꾸렸습니다.

2014년 가을에 출발한 '도담도담'은 우리가 살고 있는 마을의 역사를 직접 취재해서 책으로 엮어 보기로 했습니다. 우리는 추풍령

4

의 곳곳에 남아 있는 오랜 이야기들을 취재하면서, 그동안 추풍령이 숨겨온 매력을 알게 되었고, 추풍령의 다양한 모습을 발견할 수 있었습니다. 한편으로는 마을 이야기 수집의 어려움, 글쓰기의 괴로움에 책을 포기할까 생각하기도 했지만, 그래도 우리 마을 이야기에 푹 빠져서 황홀함을 느낄 때가 더 많았습니다. 그렇게 쓴 우리들의 글을 모아 마침내 '뚜벅뚜벅, 내 두 발로 만난 추풍령 이야기'라는 작은 문집을 만들 수 있었습니다.

사실 첫 문집은 책의 꼴만 겨우 갖춘 채 그 속을 내실 있게 채우지 못했고, 그래서 추풍령의 '진짜'를 기록하지 못했다는 아쉬움이 많았습니다. 그러나 글을 쓰고 책을 준비하면서 '도담도담' 아이들에게 나타난 변화만은 '진짜'였습니다.

무모한 도전처럼 시작한 책 쓰기 수업이 시나브로 아이들의 삶에 영향을 주었습니다. '도담도담' 학생들은 새로운 형태의 지적 자극에 놀랐고, 괴로웠던 글쓰기의 끝에 뜻밖의 기쁨이 있다는 것에 신기해 했습니다. 물론 "책 읽기, 책 쓰기 노잼"과 같은 말들이 우리 아이들의 입에서 아주 사라진 것은 아닙니다만, 처음 '도담도담'이 활동을 시작했던 2014년 9월의 그 강렬한 '핵 노잼'이란 말이 사라진 것만 해도 어딥니까. 이렇게 우리 아이들은 책을 통해 마음의 키가 한 뼘 더 자랐습니다.

첫해에 이어 작년에는 우리 마을의 역사 등 다소 거창한 이야기보다는 우리들의 일상, 우리들의 생각과 느낌을 글로 쓰기 위해 노력했습니다. '추풍령 이야기'이기는 한데 지극히 개인적인 '추풍령 이야기'가 된 것입니다. 이는 개인의 이야기 역시 '추풍령 이야기'가 되기에 충분하다는 판단 때문이었습니다. 물론 훨씬 쉽게 글을 쓸 수도 있고요. 다행히도 우리 아이들의 글은, 첫해에 비해 훨씬 편안하게 마음 깊은 곳에서부터 손끝에까지 흘러나와 완성되었으며, 진솔한 삶의 경험을 담아낸 덕에 더욱 진국이 되었습니다. 그렇게 두 번째 글 모음 '여드름 필 무렵'을 만들 수 있었습니다.

이제 이렇게 우리가 써 왔던 글들을 모아 한 권의 책을 세상에 내놓게 되었습니다. '도담도담'이 처음으로 세상과 만나게 된 것이

지요. 그동안 글을 쓰고 책을 엮어내기까지 아이들을 지켜보면서 우리 아이들의 고민거리, 속 깊은 생각들, 추풍령과 우리 아이들의 인연들에 대해서 생각해 볼 수 있었습니다. 한편 빠르고 거대한 도시와는 달리 느리게 소소한 배움을 얻어 가는 한 마을의 삶의 방식 또한 엿볼 수 있었습니다. 『여드름 필 무렵』은 경제 논리에 의해 더 작아지고 있는 작은 학교와 시골 마을의 진정한 가치를 발견하여 되살리는 작은 도전이었습니다.

좌충우돌 어렵게 만든 책이지만 좋은 배움을 얻었습니다. 도담 도담이 써내려간 '여드름 필 무렵'의 소박한 기록들이 세상에 작은 울림이 되길 기대합니다.

2016년 4월
김기훈

차
례

1장 여드름 필 무렵, 우리들의 일상 다반사

2장 우리의 두 발로 만난
추풍령 이야기

3장 이야기가 있는 도시, 대구를 찾아가다

2015년 한 해 동안 추풍령 작은 마을 중학생들이 겪은 일상이 여기 담겨 있습니다.

추풍령에서 자라오며 만든 추억부터 지금 우리들의 일상과 꿈과 고민들까지.

우리 동아리는 소외된 아이들의 영혼을 치유한 문학과 글쓰기의 힘을 담은

소설 『프리덤 라이터스 다이어리』를 읽고 깊은 감동을 받았습니다.

백오십 명의 '프리덤 라이터스'(자유의 작가들)들처럼

도담도담 역시 우리들의 솔직한 이야기로 세상과 만났습니다.

여드름 필 무렵, 중딩들은 무슨 생각을 할까요?

1장

여드름 필 무렵,

우리들의 일상 다반사

할머니와 도토리 줍기

정세린*

    손톱이나 발톱까지도 먹을 것을 찾는다는 평화로운 가을날의 오후, 지봉리 마을의 골목 어귀 세린이네 집에서는 수상한 기운이 느껴지고 있었다. 할머니와 나, 두 여자의 손아귀 아래 돌아가는 계획. 특명! 우리 집 두 남자(할아버지, 삼촌) 몰래 도토리 주워 오기! 도토리를 주우러 간 것이 발각된다면 할아버지는 둘째 치고 삼촌이 크게 호통을 칠 것이 분명했다.

    두 해 전 겨울, 빙판길 사고로 골절상을 입은 할머니는 지금까지

---

* **정세린**. 추풍령중학교 3학년. 여기 묶은 글들은 2학년 때 썼다. 미루고 미뤄 간신히 시간에 맞춰 쓴 글이라 부족한 점이 너무 많다. 특히 이번 글쓰기의 주제인 '내 이야기'에 맞는 글을 쓴다는 게 쉽지 않았다. 남에게 내놓을 형편이 못 되는 글솜씨라 창피하기는 하지만, 도담도담의 역사가 될 우리들만의 새로운 이야기가 하나 더 만들어져 너무 좋다.

도 후유증으로 오래 걷는 것을 힘들어 하신다. 그 때문에 산행 시 다칠 수 있다는 염려로, 그동안 삼촌과 할아버지는 되도록 할머니에게 위험하다 생각되는 일은 하지 못하게 하였다.

하지만 우리 할머니가 그런 것에 굴복할소냐! 해마다 봄에는 고사리 꺾기, 가을에는 도토리 줍기로 명성을 떨치던 할머니 아니던가! 작년에도 굳어진 몸을 이끌고 홀로 도토리를 주우러 가셨던 할머니의 불굴의 의지는 올해도 여전해 보였다.

삼촌과 할아버지의 눈을 피해 가려면 자동차나 오토바이를 타지 못하고 오로지 걸어서 이동해야만 했다. 따가운 햇볕을 막아줄 챙넓은 모자를 쓰고, 고단할 몸과 마음을 달래줄 새참까지 든든히 챙긴 후에서야 할머니와 사부작사부작 뒷산으로 걸어갔다.

가는 도중 허전한 내 목이 신경 쓰였던 할머니는 "산에는 아직 모기가 많아서 귓전까지 달려들어"라는 말과 함께 내 목에 꽃무늬 손수건을 둘러주었다. 할머니의 목에 있던 손수건은 어느새 내 목에 단단히 둘러져 있었다. 다리가 아파 몇 번이고 주저앉아 버리는 할머니가 안쓰러워 할머니를 업고 조금이나마 걸어가 봐야겠다 생각했다.

"할머니! 내가 업어 줄게!"

그 정도는 아니라는 할머니의 말을 무시하고 할머니를 억지로 업었다. 하나! 둘! 일어서는 순간, 아이고! 할아버지라면 거뜬히 업고 뜀박질까지 할 수 있을 정도인데, 나는 할머니를 업으니 곧장 주저앉아 버리고 말았다. 생각보다 많이 무거웠다.

"할머니, 왜 이렇게 무거워! 할아버지의 두 배는 족히 되겠어."

자신만만하게 업히라고 했는데 주저앉아 버리니, 할머니와 나, 모두 뻘쭘하고 민망한 상황이었다.

쉬고 걷기를 반복하여 드디어 옆집 할아버지의 감나무 밭을 지나쳐 훤칠한 상수리나무가 보이는 뒷산으로 들어왔다. 자연의 선물인 도토리를 그냥 얻는다는 것은 안 될 일이었던지, 가시덤불이 입구에서부터 우리의 발길을 잡아챘다. 여기서는 내가 할머니를 보호해야 한다는 마음으로 덤불을 피해 올라가 할머니의 손을 잡아주었다.

우리는 집에서 챙겨온 장갑과 도토리를 담을 자루와 바구니를 꺼내어 도토리 주울 채비를 하였다. 아예 자리를 잡고 엉덩이를 붙여 샅샅이 살펴보았다. 그런데 가을에 떨어지는 도토리는 먼저 먹는 것이 임자라고 하더니, 산 곳곳에는 이미 다녀간 사람들의 흔적과 함께 도토리는 보이지 않았다. 혹시 이 주변만 그런가 싶어서 내 아래쪽에 있던 할머니를 쳐다보니 할머니도 도토리가 하나도 없어 당황스럽다고 말씀하셨다. 산 곳곳에 듬성듬성 떨어져 있는 '삼육두유'를 보아, 며칠 전쯤 누군가 홀딱 다 주워가 버린 듯싶었다.

앉아서 주워서는 될 일이 아니라고 판단한 나는 할머니의 조언대로 굵은 나뭇가지를 하나 주워 나뭇잎을 살살이 뒤졌다. 줍는 것이 아닌 캐는 수준으로 뒤졌지만, 나오는 것이 고작 도토리 몇몇 개가 전부니. 도토리가 많아야 주울 맛이 나고 신도 나는 건데, 영 아쉬었다.

그때, 할머니 핸드폰에서 전화가 울렸다. 삼촌이었다. 어차피 하산하면 도토리를 주워 온 것을 알게 될 텐데, 반응도 궁금하고 해서 지금 말하는 것이 낫겠다 판단했다. 할머니의 핸드폰을 낚아채서 삼촌에게 말했다.

"우리 지금 산이다~! 도토리 주우러 왔어!"

삼촌은 대충 예상했다며 안전 또 안전, 할머니를 잘 데리고 산행하라고 했다. 생각보다 뜨뜻미지근한 반응이 재미없었다. 다시 할머니를 바꿔주었다. 할머니가 삼촌에게 꾸지람(?)을 듣는 동안 자리를 옮겨 봐야겠다는 생각이 들어, 할머니의 시야에서 벗어난 위쪽까지 조금 더 이동했다.

와! 이곳은 떨어진 밤송이들이 도토리보다 훨씬 더 많았다. 괜히 이곳에 있다 잘못해서 주저앉아 버리기라도 하면 신세 조진다 하는 생각이 들어 자리를 옮겼다.

그러다가 밤나무 아래에 이르렀는데 하나 둘 도토리가 보이더니 점차 알이 굵고 큼직한 도토리들이 눈에 들어왔다. 아래쪽보다 훨씬 더 많은 도토리들이 있었다. 이렇게 집으로 돌아가야 하나 싶었는데, 드디어 이 자연이 선물을 내려주는구나 싶었다. 한 바구니를 꽉꽉 채워 갈 즈음 아래쪽에서 할머니의 음성이 들렸다.

"아가, 어딨어~?"

홀린 듯이 도토리를 줍던 나는 할머니까지 데리고 올라와야겠다는 생각이 들었다. 도토리가 많이 보이는 좋은 터를 찾은 나는 칭찬받을 생각에 신이 났다. 내 바구니의 도토리는 이미 수북이 쌓여 자루 속에 들어갈 일을 기다리고 있었지만, 역시나 할머니의 바구니에는 안쓰럽게 도토리 몇 개만 이리저리 굴러다녔다. 할머니는 내 바구니를 보고는 깜짝 놀라 했다. 할머니는 "우리 강아지를 데려온 보람이 있다"고 말했다.

어느새 할머니도 내 옆에 자리를 잡고 도토리를 줍고 있었다. 그나마 이 주위에는 사람 손이 덜 탄 것 같았다. 할머니는 나보다 한 칸 위, 나는 할머니 발 아래 한 칸 밑. 서로 가까운 데 구역을 정해서 주웠다. 할머니보다 많이 주워서 할머니 앞에 보란 듯이 자랑하는 맛이 쏠쏠했다.

이리저리 파헤쳐 보니, 도토리 말고 다른 것도 눈에 보였다. 동글동글한 모양의 짐승 똥도 보이고, 짐승이 파 놓은 여러 작은 굴이 많이 눈에 띄었다. 작고 깊은 굴이 왠지 뱀굴 아니냐 싶어서 얼른 자리를 피했다. 나뭇잎으로 슬쩍 막아 주는 것도 잊지 않았다. 도토리는 땅속 꽤 깊은 곳까지도 묻혀 있었다. 다람쥐가 숨겨 놓은 도토리라고 할머니가 말씀해 주셨다.

　어떤 도토리는 쉽게 나오지 않아 힘껏 당겼는데 뚝! 하는 소리와 함께 싹이 끊겨진 채 눈앞에 모습을 나타냈다. 싹 난 도토리는 처음이라 적잖이 당황스러웠다. 먹을 수 있겠지 하는 마음에 할머니에게 물어봤지만, 싹 난 도토리는 녹말이 싹으로 갔기 때문에 먹을 수도 없다고 하였다. 이렇게 도토리가 땅속 깊이 뿌리를 내리고 싹을 틔워 상수리나무가 되는 것이라고도 말씀해 주셨다. 미안한 마음에 다시 묻어 뒀다. 그 뒤에도 수차례나 싹 틔운 도토리를 뽑아 버렸다. 뚝! "아, 미안!" 뚝! "아, 미안!" 시간이 지날수록 바구니에도 자루에도 도토리들은 쌓여 갔다.

　벌써 도토리를 주운 지 세 시간이나 지났다. 할머니와 나, 둘 모두 슬슬 배가 고파, 챙겨 온 새참을 꺼내어 한곳에 자리를 잡고 먹었다.

　"도토리 줍고 나서 먹는 새참은 더 꿀맛이지?"

　할머니가 나에게 물어봤다. 정말 그런 것 같았다. 조금 쉬었다가 다시 도토리 줍는 일에 열중했다. 이런저런 대화까지 곁들여서.

　"너 없었으면 할머니도 무서워서 다섯 시까지 못 있어."

　할머니가 말했다. 이 말이 왠지 내가 이제 할머니한테 의지할 수 있는 존재가 된 것 같아 기뻤다.

　"나는 할머니 없었으면 여기 오지도 않았어."

　사실이었다.

어느새 다섯 시가 되었다. 곧 있으면 해가 뉘엿뉘엿 질 터라 슬슬 하산 준비를 해야 할 것 같았다.

"자연아, 고마워~. 쓰레기는 모두 가져간다! 다람쥐야, 미안해~. 하나님, 도토리를 주신 것 감사합니다."

내 목소리가 메아리처럼 울려퍼졌다. 어느새 도토리가 가득 들은 자루가 두 포대나 되었다. 온종일 도토리만 찾아 헤매다 보니 잘 때까지도 도토리가 아른거릴 것 같았다. 할머니와 마지막까지 나눈 대화는 지금도 마음속에 남아 있다.

올라왔던 길을 찾아 도토리 두 포대를 각각 하나씩 이고 천천히 내려왔다. 감나무 밭이 보이면 다 온 것이라는 할머니 말에 아래를 살펴보니 저기 멀리 서서히 감나무 밭이 보이기 시작했다. 마지막 가시덤불을 헤치고 나오자 감나무 밭에 이르렀다.

드디어 도착! 낯익은 오토바이 한 대가 보였다. 우리 할아버지였다. 고생한 우리를 알아주는 할아버지가 컵라면을 끓여 와 기다리고 계셨다. 서프라이즈 이벤트도 아닌 것이 왠지 정말 감동이었다. 나는 나의 활약을 할아버지에게 말해 달라고 할머니에게 슬쩍 눈치를 줬다. 감나무 밭 골목 어귀에는 조금 뜬금없는 식구 간의 따뜻한 정이 꽃펴 물들고 있었다. 무엇보다 오늘은, 이제는 할머니가 내게 의지할 수 있고 내가 할머니의 버팀목이 될 수 있다는 것을 조금은 느끼고 알 수 있게 된 것 같아 기뻤다.

"앞으로는 학교 가지 말고 할머니랑 도토리 주우러 가자!"

"그럼 나야 좋지~!"

여전히 우리 집 마당에 널려 있는 도토리들은 그날의 일들을 떠올리기에 충분하다.

아홉 가지 추억들

정세린

첫 번째 이야기, 나

달나라에서 절구 찧고 있던 토끼의 모습이 훤히 보이던 정월대보름 밤. 추풍령엔 곧 세상에 태어날 '나'의 출산 임박 소식이 전해졌다. "얼씨구! 지화자 좋다!"며 밤까지 신나게 마을 잔치를 즐기고 있던 할아버지와 할머니는 기쁜 마음으로 삼촌과 함께 서울로 올라왔다. 세상 밖을 구경하고 싶어 재촉하는 나 때문에 엄마는 그날 참 많이 고생했다.

2월 27일 새벽 두 시경 많은 사람들의 간절함과 축복 속에, 엄마 뱃속에서 10개월 동안 잠들어 있던 나는 힘찬 울음소리와 함께 이 세상에 첫발을 내디뎠다.

대보름의 달마냥 크고 둥근 얼굴. 권세 세에 맑을 린. 세상을 맑게 다스려 가라는 의미에서 아빠가 나에게 지어준 이름인 '정세린'으로 이 땅에 존재를 알렸다.

두 번째 이야기, 젖병

보통 아기들은 대략 돌 전후로 젖병을 떼기 시작한다고 한다. 하지만 난 이유식을 시작하고 밥을 먹을 때까지 젖병을 뗄 수 없었다. 다섯 살까지, 어린이집에 다녀오면 젖병에 따뜻한 우유를 넣어 입에 물고는 할머니 품을 찾아들었다. 그 품속에서 스르르 잠이 들 때면 내 몸에 스며든 할머니 냄새가 정말 행복했었다.

이제 더 이상 젖병을 주지 않을 것이라는 할머니에게 떼를 쓰며 가까스로 입에 젖병을 물기도 했는데, 어느 날 큰 결심을 한 할머니의 회심의 말 한마디.

"쥐가 젖병 꼭지를 물어가 버렸다!"

할머니의 이야기는 어렸던 나를 충격에 빠뜨리기에 충분했다. 지금 생각하면 새 젖병을 사 달라고 조르면 될 일이었는데 어린 마음에 깜짝 놀랐었나 보다. 그 이후로 절대 젖병을 입에 대지 않았다는 짠한 이야기.

세 번째 이야기, 할아버지와 할머니

우리 할아버지와 할머니는 잉꼬부부라는 소리를 듣는 건 아니지만 나름대로의 스타일대로 잘 지내신다. 그리고 또 여느 부부와 마찬가지로 가끔씩 부부싸움도 하신다. 그동안 나는 우리 집의 분위기메이커답게 할아버지와 할머니께서 부부싸움을 하실 때면 약간의 애교로 두 분의 화해를 중재하곤 했다.

그런데 그날만은 아닌 것 같았다. 평소 다툼과는 다른 분위기. 무언가 위태로워 보였다. 할아버지께선 집을 나가 버리셨다. 다급한 마음에 나는 재빨리 할아버지를 쫓아 나갔다. 물론 그럴 일 없을 거라는 생각은 했지만, 이러다가 다신 할아버지를 볼 수 없을지도 모른다는 불안한 생각이 들었다.

바로 그때, 할아버지가 주저앉아 얼굴을 묻은 채 끅끅대며 흐느끼셨다. 난생 처음 본 할아버지의 눈물, 그 흐느낌 속에서 돌연 내 두 뺨에도 눈물이 흘러내렸다. 나는 할아버지를 품에 안은 채 내가 다 잘못했다며 집에 돌아가자고 엉엉 울면서 애원했다. 강하게만 보이던 할아버지의 눈물을 보니 여린 할아버지의 감정과 마음이 보이기 시작했다. 가족에게 가장으로서 실망스러운 모습을 보이지 않으려 그 모습을 숨기고 계셨던 것이다.

이후 할아버지는 훌훌 털고 다시 일상으로 돌아왔다. 옛일이 된 지금, 그날 일이 궁금해 여쭤보면 할아버지는 아직도 모른 체하신다.

네 번째 이야기, 그리운 옛집

여름엔 너무 더워서 문제, 겨울엔 너무 추워서 문제. 욕실엔 곱등이가 튀어나오고 천장엔 쥐들이 성화를 하는, 도둑도 피해 갈 집이바로 우리 집이었다. 할머니가 추풍령으로 시집 오고 난 뒤에 바로지어진 집이라고 하니 40년이란 세월을 견뎌낸 오래된 집이었다. "너무 낡았다", "창피하다"며 부끄러워했지만, 그래도 내 삶의 전부를 보내 왔던 공간이었고 나의 안식처이자 나를 기다려 주는 사람들이 있던 곳이었다.

언젠가부터 나는 그 집 냄새를 그리워하고 있다. 나의 영혼이 스며들어 있던 곳. 나는 옛집이 많이 그립다.

다섯 번째 이야기, 새로운 시작

2015년, 오랜 고생 끝에 드디어 새집에서 새해를 맞게 되었다. 예전부터 갈등의 원인이었던 '집짓기'의 문제, 이제 더는 신경 쓰지않아도 된다. 온전히 생긴 새집에서의 일상들을 얼마나 상상해 왔었던가. 힘껏 달려와 "다녀왔습니다!"를 외친 뒤 내 방에 가방을 던지듯 놓고 소파에 앉아 텔레비전을 보는 것. 남들에게는 지극한 일상이었지만 내 방은커녕 소파 하나 놓을 공간도 없었던 옛집에서는 상상으로나 할 수 있는 일이었고, 또 간절히 바라던 일이었다.

수년의 오랜 기다림 끝에 얻을 수 있었던 이 집은 고생했던 지난 날을 뒤로 하고 새로운 행복의 길로 우리를 인도할 것이다.

여섯 번째 이야기, 오토바이

우리 집 마당을 보면 흡사 오토바이 전시장을 방불케 한다.

오른쪽부터 십 년간 그 자리를 지켜온 1대 고참 오토바이, 지금은 신입에게 밀려난 2대 오토바이, 그리고 들어온 지 며칠이 채 되지 않은 최신식 3대 신입 오토바이가 있다.

하루는 할아버지, 할머니, 나 이렇게 세 명이서 무리하게 오토바이를 타고 가다가 내리막길에서 오토바이가 옆으로 쏠려 세 명이 전부 떨어진 적도 있고, 헬멧을 쓰고 다니지 않는 할아버지 때문에 경찰 아저씨의 단속에 걸린 적도 많았다. 그럴 땐 내가 "우리 할아버지, 용서해 주세요!" 하고 애원하면 경찰 아저씨가 그냥 보내 주던 기억이 난다.

완전 꼬맹이 때는 할아버지 뒤에 앉아 있지 못해 연장통 위에 올라타야 했는데, 지금은 "네가 타니 오토바이가 주저앉을 것 같더라"라는 소리를 듣고 있다. 오토바이가 나 때문에 오르막길을 오르지 못할 정도로 나는 훌쩍 커 버렸다.

내가 커 가는 과정 속에서 어떤 오토바이는 기력을 다했고, 어떤 오토바이는 할아버지의 새로운 애마가 되어 주었다. 값이 비싼 오토바이는 아니지만 우리 가족에게는 그 가치 이상으로 소중하고 고마운 것들이라 쉽게 버릴 수 없다.

일곱 번째 이야기, 안녕 씨밀레

어디까지 이어져 있을지 모르는 아스팔트 길을 애틋하게 바라보고 있던 개 한 마리. 혹시라도 놓칠세라 불안한 눈빛으로 차들을 쫓기 시작한다. 자신이 기다리는 주인은 이미 가 버리고 없는데, 기억 속 주인에 대한 충성심을 더듬으며 주인을 기다리고 있었다.

그러다 언젠가부터 할아버지 오토바이 소리를 듣고 졸졸 쫓아오곤 하더니, 결국 우리 집 현관 앞에서 자기네 집인 양 가만히 눈을 붙이고 누웠다. 동네에서 전혀 보지도 못한 개이니 아무래도 외지 사람들이 버리고 간 것 같았다. 자꾸만 몸을 긁고, 만져 보면 두툴두툴한 반점이 잡히는 것이 피부병까지 앓고 있었다. 안쓰러운 마음에 우리 집에서 그 녀석을 키우기로 결정했다.

나는 뛰어난 작명 센스를 동원하여, 영원한 친구라는 뜻이라는 '씨밀레'를 개 이름으로 정하였다. 씨밀레는 우리가 차나 오토바이를 타고 집을 나올 때면, 자신의 힘이 다하는 데까지 힘차게 쫓아온다. 이렇게 막 쫓아오다가 힘들어지면 '그만 가'라는 의미로 "멍멍!" 하고 크게 짖다가 도로 가 버린다. 씨밀레가 표현하는 모든 행동들이 우리 가족이 자신의 친구이자 진정한 가족이 되었다는 것을 의미하는 것 같았다. 그런데 한편으로는 자신이 버려졌던 기억 때문에 우리가 또 자신을 버리고 가는 것일까 봐 저리 쫓아오는 걸까 하는 생각도 들었다.

굳게 믿던 무언가에 갑작스레 배신을 당하거나 버림을 받으면 누구나 큰 상처와 아픔이 생길 것이다. 동물 또한 마찬가지다. 지금 씨밀레를 사랑으로 보듬어 줄 사람은 우리 식구뿐이다. 씨밀레의 영원한 친구가 되어 줄 것이다.

"우리 개가 죽었어!"

눈이 번쩍 떠졌다. 설마 우리 개는 아니겠지, 아닐 거야 생각했다. 어제까지만 해도 잘 있는 모습을 봤는데, 씨밀레는 옆에 있던 농약병을 물어뜯고 그렇게 허망하게 가 버렸다. 차라리 목줄을 풀어 놨으면 농약병을 건드리지도 않았을 텐데……. 몇 분 전까지 헉헉대며 고통스러워하다 죽었다는 말에 가슴이 미어졌다.

너, 바보 아니잖아, 그런 걸 왜 몰라.

실비가 내리던 아침 '씨밀레'는 그렇게 떠나갔다. 이제 새로운 주인을 만났으니 새로운 곳에서의 삶을 살게 될 줄 알았는데, 그렇게 쉬운 일이 아니었나 보다. '우리 식구가 될 씨밀레입니다'라는 제목으로 찍었던 영상 속에서 나를 찾아 달려들던 '씨밀레'의 모습이 손에 잡힐 듯이 아른거렸다.

육신은 남아 있지 못해 친구가 될 수 없었을지는 모르겠지만 영혼만은 우리는 여전한 친구고, 앞으로도 계속될 영원한 친구이다. 다시 한번 불러 보고 싶은 그 이름, 씨밀레.

여덟 번째 이야기, 편지

상자 안, 수북하게 쌓여 있는 편지들을 하나씩 뜯어 살펴보면 글씨 너머 잠자고 있던 과거의 내 모습들이 나를 반긴다.

초등학교 시절 친구들과의 편지 쓰기 동아리였던 '우정 스타트'. 매주 월요일 아침 일주일 동안의 이야기를 담은 편지와 함께 연필과 같은 학용품들을 편지 봉투에 넣어, 이야기를 공유하고 싶은 친구에게 주었다. 일주일의 낙이었던 편지에는 오고 가는 우정 속에 더욱 돈독해진 우리의 이야기가 녹아 있었다.

하지만 편지만 달랑 주고 그 안에 입체감 있는 무언가(?)가 없다면 우정과 신뢰에 자칫 금이 갈 수도 있으니 조심!

이 편지들은 심심하거나 기분이 우울할 때마다 꺼내 보는 나의 보물이다. 전혀 꾸밈 없는, 그렇다고 잘 쓰려 노력도 하지 않은 편지이기 때문에 더욱더 재미있는 편지. 지금과는 다른 그때의 순수했던 마음이 잘 녹아 있기 때문에 더 많이 특별하다.

아홉 번째 이야기, 사부리까지 도보 횡단

어느 날 텔레비전에서 서울에서 부산까지 도보 여행을 하는 과정을 담은 프로그램을 보았다. 주인공은 서울에서 출발하여 걸어서 부산까지 가겠다는 목표로 나아갔다. 식비를 제외하고는 돈을 쓰지 않고 주변 마을회관에서 투숙하며 이동했다.

이 방송을 주의 깊게 보다가, 도보 여행이 정말 멋있는 일이라 느껴졌다. 그래서 나는 할아버지께 갑작스러운 제안을 했다. "할아버지! 우리도 방학 때 서울까지 걸어서 가 보자!" 내가 생각해도 정말 뜬금없는 제안이었지만, 나와 코드가 잘 맞는 우리 할아버지는 당황해 하지 않고 멋있는 일이라며 흔쾌히 제안을 받아들였다.

그러나 서울까지 아무런 훈련이나 연습 없이 걸어가기엔 체력적인 한계가 있을 터. 우리는 시험 삼아 황간까지 걸어가 보기로 했다. 쇠뿔도 단김에 빼야 한다고 다음날 아침 다섯 시, 할아버지와 나는 할머니와 삼촌의 응원 속에 집을 나섰다. 처음엔 이까짓 일이야 쉽게 할 수 있어 하며 힘차게 뗀 발걸음이었는데, 조금 걷다 보니 온몸이 꽁꽁 얼어 한 걸음 떼는 것조차 힘에 부쳤다. 추운 날씨를 이겨 보려 외투를 든든히 챙겨 입었지만 칼바람 앞에서 나는 무릎을 꿇을 수밖에 없었다.

학동을 거쳐 후리로 통하는 길로 한동안 걷자 추풍령주유소가 보였다. 이만큼 왔다! 싶어 할아버지를 쓱 쳐다보니 코끝에 맺혀 있는 콧물이 얼어 있었다. 너무 우스웠다. 내 얼굴을 보니 할아버지나 나나 꼴이 말이 아니었다. 한번 뽑은 칼, 찔러나 보고 싶었는데 그러기엔 영하의 날씨가 우리의 여정을 방해하고 있었다.

결국 우리는 황간까지 3분의 1 남은 지점인 사부리의 장지현 장군 사당 앞에서 그만 포기하고 삼촌을 불렀다. 의지만 굳게 빛났던 무리한 계획이었나 보다. 이 정도 왔으면 정말 대단한 것이라며 고생을 함께 나눈 할아버지와 나는 서로를 위안하였다. 할머니와 삼촌은 새벽 다섯 시에 나가서 이게 무슨 고생이냐며 질책하였지만, 할아버지와 나는 둘만 아는 눈짓을 주고받으며 정말 재미난 일이었다고 대꾸하였다.

다음번에 꼭 다시 한번 도전하자며 마무리지었던 일인데, 나와 할아버지 모두 이 일을 까맣게 잊은 채 4년이 지난 지금까지도 다음 도전을 하지 못하고 있다.

그동안이야 잊어버려 그런 것이다 치고, 이번 겨울방학 때는 반드시 다시 도전해 봐야 할 것 같다. 우리의 국토대장정을 위하여!

마지막 이야기

오로지 나만의 이야기로 에세이를 만든다는 것은 힘들지만 의미 있는 일이었다. 수많은 것들을, 잠시 멈춰서 되돌아볼 수 있었다.

한편 지난날의 내 모습을 돌이켜보고 정리하기 위해선 많은 의지가 필요했다. 마음만이 기억했던 추억들, 그 추억들을 꺼내 들고 행복한 마음으로 에세이를 마무리할 수 있었다. 더 많은 이야기를 담지 못해 아쉬울 따름이다.

시험 끝난 날

최가현*

1교시 국어, 2교시 도덕, 3교시 과학, 4교시 역사. 모든 시험이 끝났다. 아, 이번 시험 유난히 힘들었는데, 다 끝났다! 홀가분한 마음으로 4교시를 마치고 급식실로 가는 발걸음이 무척 가벼웠다.

무엇을 하며 놀까? 오후에 해야 할 일을 생각하며 즐겁게 점심을 먹고 난 뒤, 우리는 체육관으로 불려 가야만 했다. 설마설마 했는데 진짜로 땅콩을 까게 되었다.** 이번 주 일요일, 서울의 한 성당에서

---

* **최가현.** 황간고등학교 1학년. 여기 묶은 글들은 지난해 추풍령중학교 3학년 때 썼다. 낭랑 혹은 명랑 소녀. 언제나 다른 이들을 포근하게 감싸 줄 수 있는 따뜻한 사람이 될 수 있도록 노력하고 있죠. 사실 글을 쓰기까지 여러 가지 고생을 겪었지만 이겨냈습니다. 저도 했으니 모두들 할 수 있을 것입니다.

** 우리 학교는 지난해 6백 평 규모의 텃밭 농사를 지었다. 1학년은 자유학기제 생태수업, 2, 3학

34

천 명이 넘는 사람들이 우리 학교를 방문한다는데, 그때 우리 땅콩을 선보인다고 했다. 껍질째 잘 말린 땅콩의 껍질을 까서, 속에 있는 콩만 볶아서 파는 것이다.

단체로 쪼그려 앉아 땅콩을 까고 있는 모습이 한심해서 나도 모르게 헛웃음이 났다. 까도 까도 끝이 나오질 않으니 짜증이 났다. 솔직히 말하자면, 열심히 까고 있는 우리를 도와주지 않고 쳐다보기만 하시는 선생님들도 너무너무 미웠다. 젠장, 빨리 가야 되는데……. 이놈의 땅콩 껍질이 우리의 발목을 잡고 놓아 주질 않았다. 끝날 무렵에야 알게 된 사실인데, 껍질이 까만 땅콩은 속이 꽉 차지 않은 쭉정이일 가능성이 높아서 까지 않아도 된다고 했다. 멋도 모르고 까다가 괜한 시간만 낭비했다. 그렇게 한참을 더 고생한 다음에야 땅콩 까기 작업이 끝났다. 휴, 힘들어.

땅콩을 다 까고 난 뒤에는, 시험이 끝나 책이 없어 가벼운 가방을 메고 버스 시간에 맞춰 편의점을 향해 걸어갔다. 지갑에서 천 원짜리 지폐를 꺼내고, 혹시나 해서 백 원짜리 동전도 하나 꺼내 손에 들었다. 이 순간 마음이 콩닥콩닥 뛰었다. 드디어 김천에 나가는구나! 매년 그랬지만, 시험 끝나고 노는 것이 제일 재미있는 것 같다.

년은 창의적체험활동 수업의 일부를 텃밭 농사에 활용했다. 고추, 가지, 토마토, 딸기, 수박, 옥수수를 비롯하여 고구마, 땅콩, 야콘 등의 다양한 농작물을 재배하여 수확하였다. 이 글에 나오는 땅콩은 학생들이 직접 재배하여 수확한 땅콩을 잘 말린 것을 말한다. (엮은이)

버스비를 내고 맨 끝 자리에 앉았다. 친구들과 오순도순 이야기를 하는 중에도, 물들고 있는 단풍이 가득한 시골길을 따라 달리는 버스는 계속해서 흔들렸다.

브레이크 소리와 함께 도착했다는 안내가 들리자 우리는 우르르 버스에서 내렸다. 내리자마자 간 곳은 옷가게였다. 사춘기 소녀들이니 당연히 옷에 관심이 많은 법. 어떤 옷이 나에게 잘 어울릴까 한참을 친구들과 수다를 떨었다. 얼마나 신이 나던지! 친구의 한마디에 나는 패션 모델이 되었다가도 어느 순간 패션 테러리스트가 되었다.

이것저것 마음에 드는 것을 고르던 중 예실이에게서 전화가 왔다. 나는 화들짝 놀라 밖으로 나가 전화를 받았다. 병문안을 안 오냐는 말에 거짓말을 해야 했다. 며칠 전 예실이는 텃밭 일을 하다가 옮았는지 쯔쯔가무시병에 걸려 입원을 했는데, 오늘 친구들과 예실이를 위한 서프라이즈 방문을 하기로 했기 때문이었다. 말 그대로 서프라이즈 방문이어서 예실이에게 미리 얘기할 수가 없었다. 거짓말을 하니 예실이가 실망했다. 그 선의의 거짓말 때문에 나는 가시방석에 앉은 것처럼 땀이 삐질삐질 났지만 기분은 뿌듯했다.

쇼핑이 끝나고, 심심하다고 한 예실이의 말이 떠올라 친구들과 서둘러 택시를 타고 병원으로 향했다. 병원에 가기 바로 직전 우리는 분식집에 들러 맛있는 것들을 샀다. 비밀스러운 작전에, 준비물까지 나름 완벽했다고 만족해 하면서 병원 정문으로 들어갔다. 엘

리베이터를 타는 순간마저 너무나도 떨렸다.

　병실에 들어가자마자 눈물이 터진 예실이가 귀여워서, 우리는 사진 찍고 놀리기에 바빴다. 예실이의 울음이 잦아들자 우리는 우리가 사 온 분식을 먹기 시작했다. 비밀리에 신경 써서 준비한 간식이라서 그런지 꿀맛이었다. 이런저런 이야기를 하다 보니 시간이 빨리 지나갔다. 여운이네 어머니께서 추풍령까지 데려다 주시면서 돈까스도 사 주셔서 오늘은 완전 운이 좋다는 생각이 들었다.

　오늘은 정말 뜻 깊은 날이었다. 친구를 위해 위문 방문을 준비한 나 자신에게도 칭찬해 주고 싶었다. 사랑한다, 내 자신아. 하하하.

중3의 끝자락에서

최가현

오지 말았으면 하던 중3의 끝자락이 벌써 코앞으로 다가왔다.

중학교 1학년 때는 그저 마냥 즐거워만 했고, 중학교 2학년 때는 공부에 찌들어 하루하루 힘들어 해야만 했다. 그땐 3학년 가면 잘해야지, 잘해야지 했었는데, 막상 3학년이 되어 보니 시간은 날 기다려 주지 않았고, 고입이라는 큰 장벽이 내 앞길을 막아 버렸다.

날이 갈수록 점점 떨어지는 기온처럼, 나도 그렇게 되는 것만 같았다. 그 의심은 정말 확신이 되어 버렸다. 2학기 중간고사를 보고 나서는 너무나도 두려워서 그냥 빨리 취직하는 것은 어떨까 하는 생각도 했다. 그래서 내가 가려던 인문계 고등학교를 등지고 실업계 고등학교를 선택하려 했다. 하지만 그것마저도 날 두려움에 휩쓸리게 하였다.

"만약 내가 실업계를 택하면 가서 잘할 수 있을까?"

잘할 수 있을까 하는 걱정도 있었지만, 그냥 고등학교 자체가 걱정 덩어리였다. 매일 밤 인문계 고등학교와 실업계 고등학교를 검색해 보고 정보도 찾아보았지만, 그것이 더 흔들리게 했다. 담임 선생님께서는 부모님과 이야기를 나누어 보고 정확히 나의 진로를 결정하라고 말씀하셨다. 그래서 결심을 했다. 말해 보기로.

학교를 마치고 집으로 향하는 길. 차에 앉아 엄마랑 학교에서 있었던 이런저런 이야기를 나누었다. 그러다가 넌지시 "실업계 고등학교는 어떨까?"라고 말해 보았다. 하지만 엄마는 화를 내시면서 왜 갑자기 그러냐고 싫다고만 하셨다. 엄마는 나를 가까운 인문계 고등학교에 두고 싶어 하셨다. 엄마가 내 미래보다 엄마 생각만 중시하시는 것 같아 조금 미웠다.

하지만 집에 가서 곰곰이 생각해 보니, 차라리 전에 생각해 두었던 가까운 인문계 고등학교를 가는 것이 더 좋을 것 같았다. 그렇게 생각을 정리하던 중 엄마가 방에 들어오시더니 아까 차에서와는 달리 사근사근하게 말씀하셨다.

"엄마는 네가 인문계 나와서 나중에 후회할 것 같으면 실업계 가는 것을 반대하진 않을 거야. 하지만 엄마는 네가 가까운 곳에 있어서 보고 싶을 때 볼 수 있었으면 좋겠어."

엄마의 말에 나는 결정했다. 인문계 가자. 엄마랑 있자.

누가 보면 엄마와 헤어지기 싫어하는 *꼬꼬마* 어린이인 줄 알겠다. 인문계를 선택한 것이 후회되지는 않는다. 단지 내가 너무 섣불리 포기했다는 것에 더 후회된다. 원래 실업계보단 인문계를 가려고 했기 때문에. 그렇다고 해서 실업계가 싫다는 건 아니다. 여전히 걱정되고 고민한다. 늘 고민할 수 있다는 것이 중3, 고3만의 특권이니까.

나는 혼자가 아니었다. 날 사랑해 주는 부모님도 있고, 날 아껴주는 오빠도, 동생도 있다. 흔들리던 나를 잡아 준 엄마께 감사하다는 말을 전해 드리고 싶다. "흔들리지 않고 피는 꽃이 어디 있으랴"라는 도종환 시인의 말처럼 우리는 항상 흔들렸고, 흔들리고 있다. 그래도 끝까지 잘해서 남은 3학년 생활을 로맨틱하게 보냈으면 좋겠다. 물론 성공적이면 더 좋고.

더 나은 삶은 가능하다는 확신

『프리덤 라이터스 다이어리』를 읽고

최가현

우리 책쓰기 동아리에서 영화로도 보고 책으로도 읽은 『프리덤 라이터스 다이어리』(에린 그루웰 지음, 김태훈 옮김, 알에이치코리아, 2014)는 미국 캘리포니아 윌슨고등학교의 문제아들과 그들을 가르치는 새내기 선생님의 일기를 모아 놓은 책이다.

교생 실습을 마치고 처음 정식 수업을 맡은 에린 그루웰은 교육에 대한 열정으로 넘쳐났다. 하지만 그녀의 반에 배정된 학생들은 대부분 다른 선생님들이 가르치기를 포기한 학생들이었다. 그러니 당연히 첫 수업부터 문제가 끊이지 않았던 것인데, 그럼에도 에린 그루웰은 포기하지 않고 학생들을 변화시키려 애썼다. 정말 다행스럽게도 그녀의 끈질긴 노력에 결국 학생들은 조금씩 마음을 열기 시작했다. 나중에는 4년 동안 인연을 이어 가면서 선생과 제자의 관계를 넘어 한 가족 같은 사이가 된다.

이 책 속에는 선생님과 학생들의 변화 과정이 생생하게 담겨져 있다. 일기에는 가슴 찡한 슬픈 이야기도 있지만 재미난 에피소드들도 있었다. 그래서 영화로도 나오게 된 것 같다. 이 책에 나오는 에린 그루웰 선생님이 정말 대단하다고 느껴졌던 것은 그녀가 학생들의 의식을 조금씩 변화시켰다는 것이다. 이렇게 학생들이 에린 그루웰 선생님을 따라 변하게 된 것은, 아마 나이, 피부색 등을 초월하는 교육법 덕분이 아닐까 싶다. 그 교육법은 어떤 학생들이라도 변화할 수 있다는 믿음을 바탕에 깔고 있다. 더 나은 삶은 가능하다는 확신. 그 확신이 에린 그루웰과 그의 제자들에게 용기를 준 것은 아닌가.

그루웰 선생님은, 그녀가 오기 전 대부분의 사람들이 그랬던 것처럼 학생들을 포기하고 외면해 버릴 수 있었지만, 그들과는 다른 길을 선택했고 학생들을 바꾸었다. 에린 그루웰 선생님의 삶을 통해, 모든 선생님들이 '문제아'라는 고정된 틀을 깨 버렸으면 한다. 그리고 '사춘기'라는 어려운 시험을 치르는 우리나라 학생들 역시 이 책을 읽고 위안이 되었으면 좋겠다.

느티나무 아래

오수미[*]

　우리 마을 경로당 앞에는 큰 느티나무가 있다. 그 느티나무의 크기로 봐서는 백 년 된 나무처럼 보이지만, 아버지의 말씀으로는 아버지가 어렸을 때 동네 형님이 심은 것이라고 한다.

　내가 그 느티나무를 언제 처음 봤는지는 정확히 기억나지 않지만, 확실히 기억나는 몇 가지는 있다. 나는 다섯 살 때부터 황간에 있는 '루시유치원'에 다녔다. 그 유치원 버스가 우리 집 앞까지는 들어오지 못했기 때문에 나는 매일 경로당 앞에 있는 느티나무까

---

[*] **오수미**. 추풍령중학교 3학년. 여기 묶은 글들은 2학년 때 썼다. 글을 쓰면서 모르는 것들을 알아가는 재미와 내가 아는 것들을 글로 쓰는 재미를 느꼈다. 글을 쓰는 것이 '부담스러움'보다는 '자연스러움'에 점점 가까워지는 것 같다.

지 엄마랑 함께 내려가서 유치원 버스가 올 때까지 느티나무 아래에 있는 나무 의자에 앉아서 기다리곤 하였다.

초등학교에 들어가서는 명절 때 우리 집을 찾아온 사촌동생과 느티나무 아래에서 놀았다. 그 후, 같은 마을이지만 느티나무와 조금 먼 곳으로 이사를 가고 난 후에는 느티나무에 가서 노는 것이 뜸해졌다. 하지만 초등학교 고학년이 돼서는 동생이 루시유치원에 다니게 되면서, 내가 동생 손을 잡고 느티나무 밑에서 동생과 놀아주었다.

겨울에는 느티나무 아래 가파른 골목에서 지푸라기를 넣은 비료포대로 삼촌이랑 썰매도 타고, 봄에는 느티나무를 지나 학무산에 올라가서 진달래도 꺾고 운동도 하고, 가을에는 집에서 기르는 강아지와 막내이모, 막내이모부와 함께 느티나무 뒤쪽에 있는 산으로 산책을 다녔다.

초등학교를 졸업하고 중학교에 들어오면서 학교와 집만 왔다 갔다 하다 보니, 느티나무 근처에 갈 일이 많이 없어졌다. 매일 지나가면서 스쳐보기만 했지 가지는 않았었는데, 어느 날 우연찮게도 느티나무 아래에 갈 일이 생겨서 가 보았더니 느티나무 아래에 있었던 허름한 나무 의자들이 말끔한 나무 벤치들로 바뀌어 있었다.

옛날 느티나무 아래는 놀기 좋은 곳, 쉬기 좋은 곳이었는데, 지금 느티나무 아래는 나에겐 추억으로 남겨져 있는 곳이다.

희망을 찾아가는 이야기

『프리덤 라이터스 다이어리』를 읽고

오수미

『프리덤 라이터스 다이어리』란 책은 미국의 한 고등학교의 불량 학생들이 에린 그루웰 선생님을 만나서 글을 쓰며 '희망'을 찾아가는 내용이다. 이 책에는 142편의 일기가 있는데 내가 가장 인상 깊게 읽은 일기는 Diary 99인 「셰릴 베스트 씨」이다.

이 일기의 주인공은 셰릴 베스트 씨와 이야기를 나누면서 자신도 고난을 이겨내고 훌륭한 사람이 될 수 있으리라는 희망을 가지게 되었다. 셰릴 베스트 씨는 일기의 주인공에게 빈민가의 삶과 어려움을 이겨낸 자신의 삶에 대해서 이야기해 주었다. 그녀의 경험은 공포영화에서 나올 법한 끔찍한 것들이었다.

셰릴 씨는, 어떤 사람에게 납치되어 강간당한 뒤 사막으로 끌려가 온몸에 독한 화공약품까지 뿌려졌다. 하지만 그녀는 끝까지 포기하지 않았고, 화학물질이 끼얹어진 몸으로 차 소리를 쫓아 삼십 미터가량 떨어진 고속도로를 향해 걸어가 구조되었다고 했다.

그녀는 화공약품으로 인해 시력을 잃은 상황에서도 좌절하지 않았다. 점자를 익히는 것에 도전하였고, 대학에도 들어가고 싶어 했다. 언론이 그녀의 사연을 소개하자 감동 받은 사람들이 그녀에게 수술비를 기부했고, 그녀는 마침내 모든 역경을 극복하고 대학에 들어갔으며 우등생으로 졸업했다.

이 일기의 주인공은, 자신도 대학에 들어가 훌륭한 사람이 될 수 있으리라는 희망을 가지고 공부를 열심히 했다. 나도 친구들과의 문제도 있었고, 진로 문제 때문에 좌절도 했었다. 하지만 "역경은 우리 모두를 전사로 만든다"는 셰릴 씨의 말처럼, 나도 용기를 얻어 친구들과의 문제도 해결하고, 내가 원하는 직업에 대해 찾아보며 꿈을 이루기 위해 노력해야겠다는 생각을 했다.

통영 다녀온 날

현정은*

8시 10분 등교 시간에 맞춰 오기도 힘든 나에게 7시 20분까지 학교에 오라니, 말도 안 되는 일이다. 우선 그런 이른 아침에 일어날 수 있을지부터 걱정이 되었다. 다행히 제시간에 일어나긴 했지만, 피곤하다는 생각밖에 들지 않았다.

피곤함을 뒤로 하고 버스에 올라탄 나는, 양옆에서 떠드는 친구들 덕분에 버스에서 한숨도 자지 못했다. 일주일 전부터 뭐 입을 거냐고 서로 물어보며 들떠 있던 친구들이니 버스에서 조용히 있을

---

* **현정은**. 추풍령중학교 3학년. 여기 묶은 글들은 2학년 때 썼다. 지금까지 나에게는 '책을 읽는다'는 개념만 있었지, '책을 쓴다'는 개념은 없었다. 글을 써 볼 기회도 적었고, 글을 쓰는 것을 좋아하지도 않았다. 그래서 "내가 책을 쓴다고? 안 되겠지? 망할 거야"라고 생각도 했었지만, 그래도 글을 하나씩 완성하면서 자신감이 붙었다. '도담도담'아, 고마워!

리 없다는 것을 잠시 잊었던 것이다. 어제 늦게까지 잠도 못 잔 데다가 세 시간가량 같은 자세로 일어나지도 못하고 버스에 앉아 있어서인지 어깨가 뻐근했다.

가장 먼저 방문한 박경리기념관에서는 박경리 선생님의 문학과 사랑에 대해 알게 되었고, 다음으로 간 해저터널에서는 내가 가지고 있던 고정관념을 깰 수 있었다. 나는 해저터널이라고 하길래 대형 아쿠아리움과 같은 모습을 생각했으나, 내 생각과 달리 평소에 자주 보던 터널과 모습이 비슷했다. 원래 그 위에는 다리가 있었다고 하는데 원래 있던 다리를 두고 왜 해저에 터널을 지었을까? 거기에는 두 가지 다른 의견이 있다고 했다. 첫 번째 의견은 일본이 일제강점기 때에 기술력을 과시하기 위해서라는 것이고, 또 다른 의견은 임진왜란 때에 그 터널 위 바다에서 죽은 왜적들을 기리기 위해서라는 것이다. 당시 일본인들은, 그 다리를 건너는 일이 바다에서 죽은 자신들의 조상의 혼을 밟고 지나가는 불경한 일이라고 생각했다. 그래서 그 혼을 머리에 이고 가야 한다고 생각하여 해저에 터널을 지었다는 것이다.

다음으로 간 청마문학관에서는 청마 시인의 사랑을 엿볼 수 있었다. 부인이 있었음에도 불구하고 청마 유치환 시인은 중앙동 우체국에서 사랑하는 여인 정운 이영도 시인에게 매일 편지를 부쳤다고 한다. 그런 이야기가 남아 있는 중앙동 우체국에 사람들이 찾아가면서 그곳은 관광객들 사이에서 명소가 되었다.

어떻게 보면 그저 평범하기만 하던 중앙동 우체국은, 이야기가 더해지고 그 이야기를 엿보기 위한 사람들이 찾아오며 새로운 생명력을 얻게 되었다. 이야기와 사람들과의 소통이 만든 멋진 선물. 대구에서도, 이곳 통영에서도 만나서 기뻤다.

마지막으로 간 동피랑마을에서는 가장 생각을 많이 하게 되었던 것 같다. 지극히 평범한 마을이 벽화 덕분에 이야기가 담긴 특별한 마을이 되고, 유명인들이 찾아오는 그런 마을이 된 것이다. 스토리텔링이 중요한 이유가 여기서 드러난 것이 아닐까.

우리 추풍령도 아주 평범한 곳이라 할 수 있겠지만, 이 마을처럼 이야기가 담긴다면 내가 사는 이곳에 사람들이 찾아오고 관광 명소가 되며 정말 특별한 곳이 될 수 있지 않을까 하는 생각이 든다.

연민이 행동으로 이어지도록

『프리덤 라이터스 다이어리』를 읽고

현정은

마약 중독을 치료 중인 아이들, 보호 관찰 대상인 아이들. 그들은 이미 문제아라는 낙인이 찍혀 있었고, 허상뿐인 '명예' 때문에 총이나 칼에 목숨을 잃는 일이 허다했다. 어느 누구도 그들을 가르치려고 하지 않았고, 그들은 학교로 돌아오고 싶어하지 않았다. 하지만 그들이 희망을 버리지 않고 당당하게 세상에 맞설 수 있었던 것은, 에린 그루웰이라는 선생님이 그들에게 배움을 포기하지 않도록 희망을 심어 주었기 때문이다.

우리는 어른들이 십대들의 말에 귀 기울이고 존중해 주기를 바란다. 그러기 위한 최선의 방법으로 리처드 라일리 교육부 장관에게 우리의 일기를 전달하자는 아이디어를 냈다. 직접 우리의 일기를 전할 수만 있다면, 십대들이 매일 마주하는 문제들을 아는 사람이 한 명 더 늘 것이다. 불행하게도 어른들은 대부분 우리의 현실을 잘 모르거나, 우리들의 고통에 관심이 없다. 십대들의 고통스런 현실을 외면하는 것은 살인을 보고도 고개를 돌려 버리는 일과 같다. 나는 그런 일이 일어나도록 놔두지 않을 것이다.

— 「Diary 79 : 하나가 된 자유의 작가들」 중에서

배움을 통해 얻은 희망은, 이들이 두려움을 이겨낼 수 있도록 용기를 준 듯하다. 교육부 장관에게 의견을 전달하면서도 전혀 위축되지 않고 자기 의견을 당당하게 전달했다. 십대이면서도 전혀 두려워하지 않고 세상의 어른들에게 자신의 의견을 밝히려고 한다. 그 용기가 대단하다고 느껴졌다.

다른 사람의 삶을 아는 것과 그들을 돕기 위해 나서는 것은 완전히 다른 일이다.

— 「Diary 79 : 하나가 된 자유의 작가들」 중에서

나는 많은 곳에서 연민을 느낀다. 하지만 나는 그들을 돕기 위해 한 번이라도 나선 적이 있을까? 연민은 대부분의 사람이 느끼는 감정이지만, "내가 아니라도 누군가 하겠지. 내가 돕는다고 뭐 달라지겠어?"라는 생각을 하며, 나는 연민이란 감정을 느낀다는 것만으

로 만족했던 것 같다. 정작 그들에게 도움을 준 적은 없었다. 결국 글쓴이의 말처럼 나는 "살인을 보고도 고개를 돌려 버리는" 사람이었다. 항상 남의 고통스런 현실을 알면서도 외면해 온 나를 되돌아보게 만들었으며, 이 책을 읽으면서 연민에 대해 다시 고민해 보게 되었다.

연민에 대해 생각할 때, 연민이란 어떤 것입니까?
그것은 그저 개념인 것이 아닙니다.
연민은 다른 이의 고통을 보았을 때,
우리 자신을 다른 이의 위치에 놓고
그 고통을 우리 자신의 것으로 경험할 수 있는 것입니다.
우리는 책임감을 가져야 합니다.
그것은 우리가 해야 할 것이며,
우리 자신부터 시작해야 합니다.
다른 누군가가 우리를 위해 하기를 기다릴 수 없습니다.
— 까르마파 라마

연민에 관한 다른 글을 찾아보다가 까르마파 라마의 글귀를 읽게 되었다. 나는 다른 이의 고통에 연민을 느껴 왔음에도 불구하고, 누군가는 그들을 돕지 않겠냐는 생각만 했을 뿐, 내가 직접 돕겠다는 책임감이 없었다. "학생 신분에 내가 누굴 도와줄까?", "내가 그들을 어떻게 도와줘. 나도 충분히 힘든데"라는 생각을 방패 삼아 왔던 내가 부끄럽다. 까르마파 라마의 말처럼 나 자신부터 시작해 야겠다는 생각을 했다.

결국 연민은 누구나 느낄 수 있으나 연민이 행동으로 이어지는 것은 어려운 일이다. 그러려면 우선 작은 행동부터 실천해 보는 것이 어떨까?

사람들과 소통하고 살기 위해선

『빨리 걸을수록 나는 더 작아진다』를 읽고

현정은

　셰르스티 안네스다테르 스콤스볼의 『빨리 걸을수록 나는 더 작아진다』를 읽게 되었다. 사실 이 책은 대구 탐방을 갔을 때, 그냥 책 제목이 와 닿아서 살까 고민하다가 결국은 "안 사면 후회하겠지!"라는 생각으로 충동구매를 했던 책이다.

　이 책으로 작가는 2009년 신인 작가에게 주어지는 가장 권위 있는 상인 '타이에이 베소스' 상을 수상하였고, 라디오 청취자들이 뽑은 '올해의 소설' 후보에 오르는 등 독자들의 사랑을 폭넓게 받았다. 이 책의 작가는 노르웨이 문학의 미래라고 불리고 있으며, 이 책이 데뷔작이라 한다.

　이 소설을 쓰기 시작하면서 작가는 만성피로증후군으로 바깥 생활을 거의 하지 못하고 온종일 침대에 누워 있었다고 한다. 한편 만성피로증후군(Mayalgic Encephalomyelitis)의 영단어 머릿글자 M과 E는 여주인공인 마테아(Mathea)와 그의 남편인 엡실론(Epsilon)의 이름에 각각 반영되었다고 한다.

이 책은 사실 인간의 고독, 소멸, 외로움, 죽음 등을 다루고 있어서 첫인상이 무겁고 칙칙하게 느껴질 수 있는데, 책을 읽다 보면 어렵다기보단 귀여운 마테아의 행동에 피식 웃게 되는 순간이 많았던 소설이다. 인간의 어찌할 수 없는 외로움에 대해 써서 다소 우울할 수 있지만 그래도 기분 좋은 소설.

소설 속의 주인공인 마테아는 백 세에 가까운 할머니이다. 어릴 적부터 작고 보잘것없어 남들 눈에 잘 띄지 않았던 그녀는, 자신에게 처음으로 먼저 말을 걸어 줬던 엡실론과 결혼한 뒤 평생 엡실론과만 대화하며 집 안에서만 살아왔다. 타인에 대한 두려움이 커서였을까? 그녀는 엡실론이 아닌 다른 사람과 마주하는 일은 언제나 어색해 하고 피했다.

그러나 유일하게 의지하고 있던 엡실론이 죽은 후에는 세상에 자신의 존재를 알려야 한다고 생각을 했다. 아무도 자신의 죽음을 알지 못해 자신이 썩어 버린 채로 발견이 될까 겁이 났던 그녀는, 아파트 마당에 자신의 흔적을 담은 타임캡슐을 묻는 등 엉뚱한 행동을 하며 타인과 소통하기를 꿈꾼다. 하지만 현실은 막막하기만 했다. 특이하지만 안쓰러운 도전이었다. 그러던 어느 날 그녀는 아파트 주민들이 모여 대청소를 한다는 이야기에 주민들에게 나누어

줄 빵을 굽지만, 그것을 들고 나갈 용기가 없어 포기해 버린다. 그
녀는 잔뜩 구운 빵을 혼자서 꾸역꾸역 다 먹는다.

그 후, 엡실론의 빈자리가 너무 컸던 것인지, 외로움 때문에 힘들
었던 것인지 마테아는 더 이상 돌아올 수 없는 길을 택하고 말았다.

어느 누구 하나 소중하지 않은 사람은 없기에 인간은 더욱 서로
더불어 살아가야 하는 존재인 것 같다. 사람은 혼자서는 살아갈 수
없다. 그렇기에 우리 모두는 사랑하는 사람들에게 더 베풀며 살아
가고, 나를 표현하며 남들과 소통하면서 살아야 하지 않을까?

아저씨, 죄송했어요

장유정*

그때 나와 세린이야 재미있기는 했겠지만, 지금 생각해 보면 우리가 주변 사람들에게 얄미운 행동을 했던 일이 많았던 것 같다.

초등학교 3학년 때였던 걸로 기억한다. 나는 다리에 깁스를 해서 목발을 짚고 있었고, 세린이는 앞머리가 없는 데다가 핑크 안경을 쓴, 통통하고 귀여운 친구였다. 하지만 우리는 어린 나이, 귀여운 외모에도 불구하고 한 사람에게 얄미운 행동을 했는데, 그분은 도서 도우미 아저씨였다. 아저씨는 교통사고를 당해 눈썹이 없어

_____

* **장유정.** 추풍령중학교 3학년. 여기 묶은 글들은 2학년 때 썼다. 글을 쓰는 것은 귀찮고 힘든 일이었다. 중간에 몇 번이고 포기하고 싶었다. 하지만 한번 글을 쓰고 나니 성취감이 크게 느껴졌다. 기분 좋은 일이었다.

서 머리카락으로 눈썹 주위를 가리고 다니셨고, 좀 느끼한 분위기를 풍기는 분이었다. 왜 그랬을까? 우리 둘은 아저씨가 하는 일마다 방해를 하곤 했다. 우리가 했던 장난 중에 기억나는 것이 있다.

어느 날, 도서 도우미 아저씨가 도서관 책에 스티커를 붙이고 계셨는데, 그것을 본 우리들은 그 스티커들을 하나씩 떼면서 장난을 쳤다. 그런데 그 모습을 아저씨가 보고 말았다. 우리는 큰일 났다고 생각하고는 곧바로 뛰기 시작했다. 세린이는 처음엔 목발을 짚고 있던 나를 도와주다가 자기도 생명의 위협을 느꼈는지 먼저 아래로 내려가 멀리서 나를 불렀다. 목발을 짚고 있던 나는 마음과는 달리 결국 아저씨에게 잡히고 말았다. 난 생애 처음으로, 그 인소(인터넷소설)에 나오는 나쁜 남자가 항상 하는 그것, 벽 밀치기를 당하였다. 맞다. 도서 도우미 아저씨가 왼손으로 벽을 딱 치신 것이다.

그 순간 나는 너무 무서웠고 떨렸다. 난 애써 침착하게 벽 밀치기에서 빠져나오려 했으나, 아저씨가 다시 오른손으로 막으셨다. 그리고는 오글거리는 아저씨의 말씀을 다 듣고 나서야 빠져나오게 됐다. 나와 세린이는 담임 선생님께 "다음부턴 하지 마라!" 경고를 들었으나, 그 뒤에도 몇 번씩 얄미운 행동을 하기도 했다.

그러면서 시간이 흘렀다. 언젠가부터 아저씨가 나오지 않으시고, 그 후에 새로운 도서 도우미 언니가 오면서 아저씨와의 장난은 끝이 났다. 요즘 들어 아저씨가 종종 생각이 난다. 나중에 아저씨를 뵌다면, 그때는 죄송했다고, 이 말 전해 드리고 싶다.

나에게 추풍령이란

장유정

나에게 추풍령이라는 마을은 어떤 의미일까?

다시 생각해도 너무나도 소중하고 내가 항상 사랑하는 마을이다. 하지만 그 마음이 숨어 버리는 경우가 종종 있기도 하다. 가끔씩 학교에서 외부 학교와 활동을 함께 할 때 우리 학교 이름을 부르면 다른 사람들이 놀리거나 비웃는 경우가 있는데, 그럴 때면 숨고 싶어진다. 난 그러면서 애써 담담한 척을 하기도 하고, 비웃고 놀리는 사람들 학교를 욕하기도 한다.

또한 나에게 추풍령은 소중하고 사랑하는 마을이기도 하지만, 많은 추억들이 있는 마을이기도 하다. 나는 어릴 때 잠깐 청주에서 살다가 추풍령 할머니, 할아버지 댁으로 이사를 하게 되었고, 유치원도 추풍령에서 다니게 되면서, 그때부터 추풍령에 대한 추억을 만들기 시작하였다. 유치원 때부터 초등학교 때까지, 추풍령 노인정이나 마을회관 앞에 모여서 놀았다. 미리 약속을 하지 않아도 추풍령에서 사는 아이들은 유치원이나 초등학교가 끝나면 항상 노인정과 마을회관에 있었다. 인라인 스케이트를 타기도 하고 자전거를 타기도 하고, 숨바꼭질과 소꿉놀이 등 많은 놀이들을 하며 놀았다. 나는 다른 아이들에 비해 많이 나와서 놀았던 편은 아니지만, 가끔씩은 나와서 놀았었다. '비오슈퍼'에도 가면서 말이다.

유치원과 초등학교를 지난 우리들은 어느새 벌써 중학생이 되었고, 예전에는 마을에서 놀았다면 이제는 타 지역에서 논다. 시골이라서 더 그런 것이 아닐까 생각한다.

또 어떤 이야기가 있을까? 아, 맞다. 편의점 CU! 방학 때나 야자(야간 자율학습)를 안 할 때나 집에서 심심하면 가끔 친구를 불러 편의점에서 만나 수다를 떨기도 했다. 어른들이 이야기를 나누는 곳이 카페라면, 추풍령 아이들에게는 편의점이 카페라고 보면 된다. 유치원과 초등학교 때였더라면 노인정과 마을회관이 우리들의 만남의 장소였겠지만, 지금의 우리에게는 편의점이 그런 곳이 아닐까 생각해 본다.

추풍령에 대한 추억이 별로 없는 나이지만, 지금도 늦었다고 생각하지 않는다. 지금이라도 추풍령 추억을 많이 쌓아야겠다.

우리 마을의 평범한 추억

신예지*

우리 마을 이야기를 해야 하는데 뭘 어떻게 해야 할지 생각이 나지 않아 막막했다. 내가 사는 마을은 추풍령에서도 조금 떨어진 작은 마을이다. 버스도 하루에 몇 대 다니지 않는 곳이라 유명한 곳도 없다. 이 시골에서 일어난 일들은 그저 나에게 평범한 추억일 뿐인데, 이게 어떻게 이야기가 된단 말이야!

먼저, 초등학교 3학년 여름에 엄마랑 가재를 잡던 기억이 난다. 동네의 개울을 따라 걸어가다가 어느 지점에서 멈춰 가재를 잡았

---

* **신예지**. 김천성의여고 1학년. 여기 묶은 글들은 지난해 추풍령중학교 3학년 때 썼다. '도담도담'에 참여하면서 우리 지역에 대해 몰랐던 것들을 알 수 있어서 좋았다. 외국의 언어와 문화를 좋아하고, 사람들과 만나면 행복하다. 항상 긍정적인 마음을 가지려 노력하지만 쉽지 않은 것 같다. 그래도 웃음이 많은 건 내 장점이다. 잘 삐진다는 점은 내 단점.

었다. 아쉽게도 시간이 많이 흘러서 어디였는지는 기억이 나지 않고 가재를 잡는 장면만 기억이 난다. 근처에 나무들도 있고 깨끗한 물이 졸졸졸 흘러서 좋았다. 바위를 살짝 들어 보면 그 밑에 가재들이 숨어 있는데, 그 가재들을 잡았다. 가재들을 잡아서 집에 오면 가재들을 씻어 가재국을 해서 먹었다. 정말 맛있었는데……. 글을 쓰면서 생각하다 보니 다시 먹고 싶다. 지금은 아마 개울에 풀이 많이 나서 잡으러 못 갈 것 같은데.

우리 집 근처엔 팔각 지붕의 정자가 하나 있는데, 그 정자 근처엔 봉선화 꽃이 많이 핀다. 초등학교 때는, 봉선화 꽃이 피면 항상 꽃을 따서 돌로 다져서 손톱에 얹어 보기도 하고 물에 섞기도 하면서 놀았다. 그땐 그게 얼마나 재미있었는지!

지금은 봉선화가 피던 곳도 시멘트를 발라 놓아서 봉선화는 피지 않는다. 어렸을 때의 그 모습은 사라져 버렸고 삭막하고 차가운 느낌만 남아 있다.

어른들이 "내가 어릴 때는~"이라고 얘기할 때면 옛날 이야기가 재미없어서 도망가기 바빴는데, 나도 그런 얘기를 하고 있으니 참 우습다. 가만히 생각해 보니 사소하지만 소중한 곳들이 자꾸 삭막하게 변해 버려서 그런가 보다.

이것 말고도 추억이 더 많을 텐데, 떠오르질 않는다. 어릴 때 추억들을 생각하니까 너무 새롭다. 변한 게 많구나. 몇 년 후엔 지금 이 순간도 추억이겠지? 글 쓰느라 고민하는 것 모두 나중엔 추억일 거야. 이 마을에서 자란 지 벌써 십 년째다. 그 시간만큼 추억도 많고 애정도 많은 곳이 우리 마을이다.

촌년 일본 방문기

신예지

외국은 인터넷으로 구경만 하던 내가, 태어난 지 16년 만에 처음으로 외국 땅을 밟고 공기를 마셔 보고 왔다.

작년, 선생님들이 많이 도와주신 덕분에 한일 중고생 교류 방일 연수단에 뽑히게 됐다. 하지만 방일 연수를 몇 달 남겨 두고 전 국민을 슬픔에 잠기게 했던 사건이 일어나며 가지 못하게 되었었다.

하지만 올해엔 작년에 가지 못했던 방일 연수를 갈 수 있게 되었다. 출국일이 되어 새벽 일찍부터 일어나 머리부터 발끝까지 단정하게 하고 인천공항으로 갔다. 약속 장소에 도착해서 두리번거리고 있는데, 친구 한 명이 다가와서 "너 예지 맞지?" 하며 나를 친구들이 있는 곳으로 데리고 갔다. 처음엔 어색했지만 빨리 친해질 수 있었다. 수하물을 부치려 단체로 줄을 서 있는데, 어떤 아저씨가 내

교복을 보더니 "추풍령에서 왔어? 촌년이네!" 하며 말을 거셔서 당황스러웠다. 이상한 아저씨였다.

출국 심사를 하고 비행기 시간을 기다리며 면세점 구경을 자유롭게 했다. 유니폼을 입은 스튜어디스들이 지나가는데 정말 멋있었다. 어떤 친구들은 멀미를 해서 고생을 많이 했는데 다행히 나는 비행기와 잘 맞았다.

일본 나리타 공항에 도착했을 때는 외국이라는 것이 잘 느껴지지 않았다. 뭔가 벙벙한 느낌만 들었다. 곳곳에 붙은 광고의 일본어를 볼 때마다 일본이라는 걸 깨달았다. 사실 일주일 내내 이랬다. 짐을 찾고 나오니 선생님들께서 우리를 반겨주셨다. 이렇게 일본에서의 일주일이 시작되었다!

첫날은 오다이바에 갔다. 사람 구경을 더 많이 한 것 같았다. 다니는 사람마다 일본인이라서 계속 눈이 갔다. 일본 교복도 신기하고 머리 스타일도 신기하고, 그냥 다 신기했다. 하하, 흔한 촌년처럼 신나 했다. 호텔에 체크인하고 나서도 친구들이랑 막 "우와~ 여기 완전 좋아!"라는 말만 계속했다.

둘째 날엔 에도박물관에 갔었다. 박물관에 다녀온 뒤 역사책을 찾아보니, 박물관에서 보고 들었던 것들이 몇 개 있었다.

점심을 먹고선 홋카이도로 가기 위해 공항으로 갔다. 도쿄에 수학여행 왔던 일본 고등학생들도 우리와 같은 비행기를 타기 위해 기다리고 있었다. 디즈니랜드를 갔다 온 건지 곰돌이 푸 인형을 안고 있는 사람들이 몇 명 있었다. 비행기까지 이동하기 위한 버스에 탔다. 버스가 나란히 있었는데, 고등학생들 몇 명이 우리한테 손을 흔들어 줘서 우리도 손을 흔들었다.

홋카이도에 도착하고 공항 밖으로 나갔을 때 너무 추워서 놀랐다. 완전 겨울 날씨였다. 바람도 쌩쌩 불고 기온도 낮았다. 25일에는 홋카이도에 첫눈이 왔다.

그리고 그 다음날인 26일 월요일! 후라노 시에 있는 후라노니시 중학교에 갔다. 우리 조의 한국인 학생은 세 명이었고 일본인 학생은 네 명이었다. 우리는 여자 두 명에 남자 한 명이었고, 일본인 친구들은 여자 네 명이었다. 우리가 가자마자 나를 보곤 "카와이!"라며 반겨줬다. 처음엔 당황해서 웃고만 있었다. 인사하려고 했는데 머릿속이 하얗게 지워져 버렸다.

4교시, 점심시간, 5교시를 함께 했다. 4교시는 영어 시간이었다. 영어로 한 명, 한 명 자기 소개를 했는데 사실 하나도 기억이 나지 않는다. 모둠을 지어서 게임도 했는데 내가 압도적으로 일등으로 이겼다. 같은 모둠이었던 친구들이 "스고이~"라고 말했다.

그리고 점심시간! 일본인 친구들과 많은 얘기를 하고 싶었지만 일본어를 할 줄 몰라서 아쉬웠다. 공부 좀 해 갈걸 그랬다. 그래도 통한 게 있었다. 우리나라 아이 이름에 '동'이 들어가는 애가 있어서 일본어 잘 하는 친구 하나가 그 친구 이름의 발음을 설명하려고 '카베동'(벽치기) 얘기가 나왔는데, 일본인 친구들이 나보고 카베동아냐고 물어봐서 벽을 툭 쳤는데 난리가 났었다. 이때 정말 재밌었다. 5교시에 수학을 하고 다음 시간엔 모두 강당에 모여 장기자랑 같은 걸 했다. 일본 학교에서 1학년, 2학년, 3학년이 각각 합창을 준비해 왔는데 너무 잘 해서 놀랐다.

모든 행사가 끝나고 인사도 못 하고 가야 했는데, 친구들이 우리 나갈 때 외투도 안 걸치고 뛰어나와서 잘 가라고 안아 줬다. 정말 감동이었다. 급하게 라인 아이디도 교환했다. 사실 메일 아이디 교환을 일본 학교 측에서 금지했는데 다른 친구들도 다 교환하길래 우리도 교환했다. 다른 조의 한국인 친구는 아이디 교환을 못 하고 와서 페이스북으로도 찾고 일본 친구들과 연락되는 친구들한테 물어물어 연락이 닿았다. 짧은 시간에 일본인 친구들과 정이 들게 돼서 놀랐다. 헤어지는데 너무 아쉬워서 눈물이 나왔다. 일주일 동안 일본 학교 갔어도 좋았을 것 같다! 일본어 공부 열심히 해서 일본인 친구들이랑 라인으로 통화하는 게 내 목표가 되었다. 열심히 공부해야지!

그렇게 정신 없이 며칠이 더 지나니, 한국으로 돌아가는 날이 되었다. 일본 공항에서 선생님들과 헤어질 때 친구들이랑 다 같이 울었다. 같이 지낸 시간은 겨우 일주일이었는데 정이 정말 많이 든 것 같다. 인천공항에서 친구들이랑 헤어질 때도 너무 슬펐다. 일본 공항에서 너무 울어서 한국에선 눈물이 안 났다. 친구들과는 카톡도 하고 통화도 하고 매일 매일 연락한다. 일본에 갔다 와서 좋은 사람들을 많이 만난 것 같다.

그리고 좋은 자극도 되었다. 같이 갔던 한국인 친구들 중에 거의 대부분은 일본어를 유창하게 했다. 못하는 애들이 더 적었던 것 같다. 일본어 공부 안 한 걸 후회하고 왔다. 어떤 친구는 홋카이도 갈 때 비행기 타려고 줄 서 있는데 옆에 계시던 일본인 할아버지와 대화도 했다. 더 대단한 건 이 친구는 일본어를 혼자 공부했다고 한다. 어떤 2학년 남자애는 통역을 해 주기도 했다. 이런 친구들을 보니 내 자신이 너무 작아 보였다.

일본을 갔다 온 건 내게 정말 좋은 경험이었다. 좋은 친구들을 많이 사귀게 된 것이 가장 좋았다. 그리고 공부하는 데에도 많은 자극이 되었다. 외국어 공부도 열심히 하고 싶고, 새로운 꿈이 생겼다.

시월의 문학 기행

김예담*

  7시 30분, 추풍령교육문화관 앞에 모여 학교를 떠났다. 버스로 세 시간을 달려 찾은 곳은 먼 남쪽, 경상남도 통영이었다. 그 중에서도 가장 먼저 도착한 곳은 소설가 박경리 선생님과 그의 업적을 설명하는 박경리기념관이었다. 기념관 건물에는 특이하게 돌출된 벽돌들이 있었는데, 그 돌출된 벽돌들은 통영의 수많은 섬들을 의미한다고 했다. 그곳에서 우리는 박경리 선생님의 업적에 관한 질문에 답을 찾는 데 열중했다. 박경리 선생님은 바다 보는 것을 좋아

---

* **김예담.** 영동고등학교 1학년. 여기 묶은 글들은 추풍령중학교 3학년 때 썼다. 2년째 책쓰기 동아리를 하면서 글쓰기 등 문학 활동에 더 관심을 가지게 되었고, 나 자신에게 가능성이 있다는 것을 느낄 수 있었다. 도담도담 활동은 정말 대단하고 의미 있는 활동이었다.

하셨다고 한다. 역시 뭔가 있어 보이는 취미를 가지셨던 것 같다.

그다음 버스로 얼마 안 가 도착한 곳은 해저터널이었다. 선생님이 말씀하시기를 이 해저터널은 동양에서 최초로 뚫린 해저터널이라고 하셨다. 해저터널 앞에는 '용문달양'이라고 쓰여 있었는데, '용문을 지나면 밝은 세상이 나온다'라는 뜻이라고 했다. 해저터널 걷기는 그나마 지상의 더위를 식혀 주는 시간이었다.

점심을 먹고, 다음 일정은 청마문학관이었다. 청마문학관에는 재미있는 사랑 이야기가 숨겨져 있었다. 애틋한 사랑에 대한 내용이 담긴 유치환의 「행복」이라는 시에서도 그 느낌을 알 수 있었다. '간디와의 사랑'*이라는 말이 나올 만큼 긴 여운이 남는 사랑이었을까 하고 물음표를 찍는다. 거기서 우리는 유치환을 제외한 '통영 르네상스'의 열한 명의 남은 회원들을 찾는 데 안달이 났다. 몇 분 안 되는 영상을 보고 나서 몇 계단 올라가 초가집을 봤다. 날씨가 너무 더워 설명은 귀에 잘 들리지 않았지만 분명 상징적인 의미가 담겨 있었을 거라 생각한다.

마지막 목적지는 동피랑마을이었다. 동피랑마을은 통영의 대표적인 달동네로 꼽히는 마을이었다. 하지만 지금은 통영의 랜드마

---

* 간디는 제자이자 영국해군제독의 딸 '미라'와 정신적인 사랑을 나눴다고 한다. 청마 유치환 역시 이영도 시인과 수많은 서신을 주고 받으며 정신적인 사랑을 했다. 그래서 청마의 사랑을 간디의 사랑에 빗대었다. (엮은이)

크의 역할을 하는 마을이 되었다. 그렇다는 건 그만큼 동피랑마을에 대한 사람들의 관심과 애착이 강하다는 뜻이 아닌가 하는 의문을 가지고 동피랑마을을 걸어보니, 더운 날씨만 아니라면 놀러 오기 참 좋은 곳이라는 생각이 들었다. 괜히 사람들이 많이 찾는 게 아니구나 싶을 정도로 아름다웠다. 그 길의 벽에는 사진을 찍도록 만든 포토존, 그리고 인기 있는 애니메이션 캐릭터 등 다양한 벽화가 그려져 있었다. 벽화는 추풍령에도 있어서 그렇게 기대하진 않았지만 그곳은 느낌이 새로웠다.

박경리 선생님은 바다 보는 것을 좋아하셨고, 유치환 시인은 너무도 인상 깊은 사랑을 외쳤다. 나도 저 문학인들처럼 특별하고 감정적인 것을 쫓는 멋진 사람이 되어야겠다는 생각이 들었다. 이번 문학기행은 시월, 가을이라는 계절과 어울리지 않게 무척이나 더웠지만, 내게 정말 유익한 시간이었다.

나도 특별한 선생님이 되고 싶다

『프리덤 라이터스 다이어리』를 읽고

김예담

1학기 때 야간자율학습 시간을 빼서 영화를 볼 때는 책 『프리덤 라이터스 다이어리』을 읽어야 한다는 사실을 전혀 몰랐다. 하지만 선생님께서 영화를 보여 주시는 데에는 당연히 그럴 만한 이유가 있을 것이라 생각했다. 알고 보니 그 영화는 이 책을 원작으로 만든 영화였다. 휴, 우리는 방학 동안 이 책을 읽어야 했다. 처음엔 500쪽이 넘는 분량에 말이 나오지 않았다. 이렇게 두꺼운 책을 어떻게 다 읽을까? 사실 책을 읽는 걸 그리 좋아하지 않는다. 그래도 어쩌겠는가. 일단 분량에 대한 두려움을 잠시 접고 읽기 시작했다.

하지만 일단 책을 읽기 시작하자, 영화에서 놓친 부분이 눈에 띄기 시작했다. 그리고 영화 속 장면이 머릿속에 어렴풋이 떠오르면서 더 흥미진진하게 읽을 수 있었다. 또 영화에서 인상 깊게 봤던 부분은 언제쯤 나오나 궁금해 하면서 한 장 한 장 읽으니 그냥 다른 아무 내용도 모르는 책을 볼 때보다 더 머릿속에 잘 들어오는 것 같았다. 그래서…… 처음으로 500쪽이 넘는 책을 다 읽어 버렸다!

이 책의 주인공인 그루웰 선생님은 정말 대단하다. 흔히 책이나 드라마에 나오는 주인공이기 때문에 대단한 것이 아니다. 고등학교 졸업은커녕 당장 오늘 밤에 살아남는 것도 장담 못 할 거라는 문제 학생들을 모두 무사히 졸업시키고 심지어 대학까지 보낼 수 있었기 때문이다. 이런 기적 같은 일들이 정말 인상 깊었다. 아마 이 책을 읽은 많은 사람들도 나와 같은 생각일 것이라고 생각한다.

물론 이것이 끝이 아니었다. 학교 선생님이란 다 똑같고 지겹다는 아이들에게, 다른 선생님과는 다른 특별한 수업을 하는 것. 그리고 아이들을 정말 가족처럼 대하는 태도가 참 마음에 들었다. 그리고 그루웰 선생님은 매우 열정적이었다. 정말 유명한 사람들을 수업에 초청할 수 있었고, 영광스런 자리에 아이들을 데려갈 수도 있었다. 그 일들은 아무나 할 수 있는 일들이 아니었기에 그루웰 선생님의 열정과 의지가 대단하다는 것을 알 수 있었다.

이 책을 읽으면서 사람은 어떤 사람이든 충분히 바뀔 수 있다는 것을 알게 되었다. 나는 그 변화가 혼자만의 의지로는 불가능한 일이라고 생각해 왔다. 소설 속에서도 아이들은 이미 그들이 살아온 환경 때문에 그루웰 선생님 역시 다른 선생님들과 똑같은 사람이라고 생각을 한다. 하지만 그루웰 선생님은 술이나 마약에 빠져 있던 아이들까지도 모범생이라는 소리를 들을 수 있는 진짜 사람으로 만들었다. 혼자만의 의지로도 변화가 일어난 것이다. 이처럼 사람이 사람을 바꿀 수 있다는 것이 정말 놀라웠다. 그래서 그루웰 선생님이 더 대단한 것 같다.

나도 좋은 선생님이 되고 싶다고 생각해 왔다. 이 책의 주인공 그루웰 선생님처럼 모든 사람을 가족처럼 대하고, 사람을 무시하지 않고, 사람을 바꿀 수 있을 만큼 좋은 선생님이 되어야겠다는 생각이 든다.

누나의 결혼식

이연수*

　우리 집에 이런 날이 올 줄은 상상도 못 했었다. 평생 시집도 가지 못하고 혼자 살 것 같았던 둘째 누나가 첫째 누나를 제치고 결혼에 성공하였기 때문이다. 집안에서는 처음으로 하는 결혼식이어서 나에게는 더욱 특별하였고, 엄마와 아빠도 많이 신경을 썼다. 그래서일지는 몰라도 집이 많이 어수선했던 것 같다. 그래도 이런 날이 오다니 정말 신기하고 왠지 모르게 설레었다.

　당일 아침, 분주하게 씻고 나갈 준비를 하였다. 아침 7시 50분쯤

* **이연수**. 황간고등학교 1학년. 여기 묶은 글들은 추풍령중학교 3학년 때 썼다. 우연치 않은 기회로 '도담도담'이라는 책쓰기 동아리에 들어갔다. 동아리 활동을 하면서 힘든 일이 없었다면 그건 거짓말일 것이다. 하지만 글쓰기의 매력에 대해 하나하나 알아 가면서 왠지 모를 뿌듯함을 느꼈다. 부모님처럼 훌륭한 농부가 되고 싶다.

에 추풍령에서 출발하였다. 부지런히 달려 북한산에 도착하였다. 결혼식 장소는 조금은 특별했다. 사람이 시멘트로 만든 그런 거칠고 딱딱한 건물이 아닌, 자연이 만들어 놓은 야외에서 결혼식을 한 것이었다. 식장에 들어가니 많은 사람들이 있었다. 결혼식장의 안쪽으로 들어가 보니 그 어느 때보다도 예쁘게 화장한 결혼식의 주인공인 둘째 누나가 사진을 찍고 있었다.

지인들과 사진을 찍고 있는 둘째 누나를 보니 문득 누나와 매형이랑 같이 놀러 다닌 생각이 났다. 바닷가도 갔었고, 볼링도 치러 갔었고, 밥도 같이 먹었다. 정말 다양하고 많은 일들이 있었지만 그래도 가장 큰 추억은 바로 오늘 결혼식인 것 같다. 잠시 생각에 잠겨있을 때 "결혼식이 10분 후에 시작될 예정이오니, 하객 분들은 자리에 앉아 주시면 감사하겠습니다"라는 사회자의 방송 소리가 들렸다. 정말로 결혼하는구나 하는 생각이 들었다.

누나와 매형 모두 기독교 신자여서 기독교 예배 식으로 결혼식을 진행하였다. 조금은 색다른 결혼식이었다. 예배가 끝나고 지인들이 축가를 불러 주었다. 그 중 가장 기억에 남는 축가는 '봄날밴드'라는 밴드가 불러 준 축가였다. 결혼식에 딱 맞은 노래와 가사로 결혼식에 온 하객들을 재미있게 해주었다. 축가가 끝이 나고 양가 부모님들이 먼저 사진을 찍었고, 그다음에 가족들, 친척들, 그리고 친구나 직장 동료들이 사진을 찍으며 분주했던 결혼식이 마무리가 되었다.

둘째 누나가 이렇게 결혼을 하니 정말 신기하였다. 이제는 추석이나 설날에도 시댁으로 가려나? 이제 둘째 누나의 얼굴도 많이 보지는 못할 것 같다. 그래도 조카가 생기면 내가 맛있는 것도 사 주고 옷도 멋진 걸로 사 주고 용돈도 많이 줘야겠다.

사실 이날 저녁에 날씨가 흐리다는 예보가 있어 조금은 걱정을 했지만, 하늘이 우리 누나 결혼하는 걸 알았을까? 시월의 초가을이지만 오월의 봄날처럼 따뜻했던 가을날의 결혼식이었다.

가을 이야기

이연수

벌써 가을이 되었습니다. 봄이었던 게 엊그제 같고 여름이 엊그제 같은데, 벌써 이렇게 가을이 되었습니다. 가을의 산들은 빨갛게 그리고 노랗게 바뀌고 있습니다. 가을에 단풍이 드는 이유는 추워지는 겨울을 준비하며 뿌리에다 양분을 저장하기 위해서라고 합니다. 우리들도 이런 나무들처럼 다가올 미래를 생각하며 준비해야 할 것 같습니다.

만약 나무들이 추운 겨울을 준비하지 못하고 낙엽을 떨어뜨리지 않으면 그 나무는 겨울을 나기 정말 힘들 것이라고 생각합니다. 그렇기에 사람들도 다가올 미래에 더욱 편하게 살아갈 수 있도록 미리미리 준비해야 한다고 생각합니다.

그리스 신화에 나오는 시간의 신인 크로노스의 모습은 발에 날

개가 있고, 손에는 칼과 모래시계, 그리고 만나는 사람이 잡을 수 있도록 이마에 머리카락이 있다고 합니다. 하지만 시간이 지나간 후에는 누구도 잡을 수 없도록 뒷머리는 없다고 합니다. 시간은 빠르게 흘러가고 기회가 올 때 잡지 않으면 그 기회는 다시는 오지 않는다는 것입니다.

"시간을 지배할 줄 아는 사람이 인생을 지배할 줄 아는 사람이다"라는 말이 있듯이, 저는 다가올 미래라는 시간을 잘 생각하여 저의 인생을 지배할 수 있는 그런 현명한 사람이 되고 싶습니다.

빨리 시험을 안 치는 나이가 되었으면

벌써 가을이다. 이제 고등학교에 갈 날이 얼마 남지 않았다. 중학교에 입학한 게 엊그제 같은데, 벌써 시간이 이렇게 지났다니…….

중학교에 입학할 때는 아무 걱정 없이 "이제부터라도 열심히 하면 될 거야"란 생각만 하면서 공부에 신경을 쓰지 않았다. 그런데 그렇게 지내다 보니 벌써 2년 8개월이란 긴 시간이 빠르게 지나가 버렸다.

엄마가 자꾸 나한테 뭐가 되고 싶냐고 물으신다. 그럴 때마다 나

* **신은지**. 영동인터넷고등학교 1학년. 여기 묶은 글들은 추풍령중학교 3학년 때 썼다. '도담도담'에 들어오고 나서 많은 것을 배웠다. 그리고 많은 것이 바뀌었다. 앞으로도 늘 새로운 것을 배운다는 마음가짐으로 살아갈 것이다.

는 그냥 생각 중이라고만 대답한다. 엄마는 꿈이 뭐냐고 물어본 다음에는 항상 성적 얘기가 나온다. 그래서 엄마가 꿈이 뭐냐는 말을 하면 나는 최대한 다른 얘기로 넘기려고 한다. 그러지 않으면 항상 혼나면서 끝나기 때문이다.

초등학생 때도 공부에는 별로 관심이 없었다. 그래서 시험 보는 날에 지구가 멸망했으면 좋겠다거나 선생님들이 시험지를 잃어버렸으면 좋겠다는 생각을 했었다. 하지만 지구가 멸망하는 일도, 선생님들이 시험지를 잃어버리는 일도 없었다.

나는 언제나 새 학기가 시작할 때마다 "이제부터라도 열심히 하면 될 거야"라는 생각을 한다. 하지만 생각만 할 뿐 실제로 하지는 않는다. 시험 기간이 되면 평소에도 하기 싫던 공부가 더 하기 싫어진다. 나는 매일 아침 일찍 학교에 나와서 수업 받고 점심 먹고 다시 수업 받는 것도 힘든데, 왜 시험까지 봐야 하는지 모르겠다.

시험을 봐서 성적표가 나와 엄마께 드리면 등수부터 물어보신다. 나는 저번보다는 잘한 것 같은데 엄마는 항상 똑같이 보이는 것 같다. 나는 빨리 대학교도 졸업해서 이런 시험 같은 건 안 보고 취업해서 편하게 사는 게 꿈이다.

옷에 얽힌 추억

신은지

내 마음을 모르는 엄마

오늘도 엄마한테 혼났다. 옷을 사려고 돈을 달라고 했을 뿐인데 성적 얘기까지 하시면서 또 잔소리를 하신다.

초등학교 다닐 때까지만 해도 그냥 엄마가 사 주시는 것만 입고 옷에 별로 관심이 없었는데, 초등학교를 졸업하고 중학교에 들어오니까 초등학교에 다닐 때는 관심도 없었던 화장품이나 옷 같은 꾸미는 데에 자꾸 관심이 생긴다.

엄마는 어차피 학교 다니면서 교복만 입을 거 쓸데없이 왜 옷을 사냐고 하시지만, 내가 항상 학교만 가는 것도 아니고, 같은 옷만 입으면 좀 더러워 보이고, 또 장례식장이나 결혼식에 갈 때처럼 예의 있게 입어야 할 때도 있는데, 엄마는 내가 생각 없이 옷을 막 산다고 생각하시는 것 같다. 그리고 여름에는 땀이 많이 나서 옷을 자주 갈아입어야 하고, 겨울에는 추워서 옷을 많이 껴입어야 하는데, 엄마는 계속 화만 내시니까 난 그냥 아무 말도 못 하고 잔소리만 듣고 있어야 한다. 또 요즘에는 자꾸 유행이 바뀌어서 조금씩은 따라가 줘야 한다. 그리고 내가 사고 싶었던 옷을 사도 언니들이 내 옷을 다 가져가 버려서, 꼭 입어야 할 때 내가 입으려고 한 옷들이 없다. 그래서 옷을 꼭 사야 하는데 엄만 내 마음을 잘 모른다.

지각한 날의 추억

초등학교 다닐 때였다. 늦게 일어났는데 집에 아무도 없었다. 그래서 밥도 못 먹고 정신없이 준비를 하고 나가서 학교를 가고 있었다. 동네를 벗어나기 전에 엄마를 만났는데, 엄마가 차를 타고 집으로 오시다가 나를 보고 부르셨다. 엄마가 막 웃으시면서 왜 잠옷 바지를 입고 가냐고 하시길래 놀라서 바지를 봤더니 내가 수면 바지를 입고 학교에 가려고 했던 것이다. 그래서 다시 엄마 차를 타고 집에 와서 바지를 갈아입고 학교에 갔지만 결국에는 지각을 해서 선생님한테 혼났었다.

또 초등학교 다닐 때 내가 웬일로 치마를 입고 학교에 가고 있었는데, 빨리 가려고 논 사이에 있는 길로 걷고 있었다. 잠깐 다른 곳에 정신이 나가 있을 때 갑자기 발이 쑥 빠지더니 논에 빠졌다. 학교에 늦을 것 같아서 그냥 가려다가 너무 찝찝해서 다시 집에 갔다가 학교로 갔다. 그날도 결국 지각을 해서 또 선생님께 혼이 났다.

옷에 얽힌 예전 경험들을 떠올려 보니 기분이 이상했다. 앞으로 더 많은 사람들을 만나고 더 많은 옷을 입을 테니, 그만큼 이야기들이 쌓이겠지. 어떤 일들이, 이야기들이 나를 찾아올까 기대된다.

육상을 하면서

신은지

　초등학교 3학년부터 육상을 시작했다. 체육시간에 선생님이 달리기를 시키셔서 열심히 뛰었는데, 그 다음날 선생님이 육상을 해보자고 하시는 거다. 처음에는 재미있을 것 같아서 한다고 했는데, 선생님이 아침마다 불러서 육상대회에 나갈 연습을 시키셨다. 그래도 학교에서 연습하는 것까지는 꽤 재미있기도 했고, 아침에 책 읽는 게 재미가 없어서 육상 연습하는 건 괜찮았다.

　그런데 내가 군 육상대회에 나가 일등을 해서 도 대회에 나가게 되자, 선생님께서 도 대회를 준비해야 되니까 다른 곳으로 가서 모르는 아이들이랑 운동을 해야 한다는 것이었다. 그래서 학교가 끝나자마자 선생님 차를 타고 큰 운동장에 갔고, 그게 새로워 보였다. 그땐 낯을 많이 가려서 다른 언니들한테 말도 못 걸어 보고 운동만 열심히 했었다. 운동은 우리 학교 선생님이 아니라 다른 코치님이 가르쳐 주셨고, 첫날은 무서워서 힘들어도 힘들다고 말도 제대로 못 했다.

시간이 가면 갈수록 운동이 더 힘들어지고 재미도 없었다. 몇몇 언니들한테 말을 걸어 보기는 했는데, 그렇게 친하게 지내지는 않았다. 그래서 어떤 날은 운동을 하러 가기 싫어서 학교가 끝나자마자 엄마 친구 집에 놀러간 적도 있었다. 다음날에 혼날 것을 알면서도 운동하러 가기는 정말 싫었다. 결국 연습을 하지 않았던 걸 아시는 선생님께 불려 가서 혼쭐이 났다. 그리고 도 대회가 끝날 때까지 운동을 하러 갔다. 그래도 도 대회를 갔다 온 뒤 선생님께서 고기를 사 주셔서 그전에 힘들었던 걸 다 잊었다.

중학교에 와서도 계속 육상을 했지만 3학년에 올라오기 전에 그만두었다. 지금도 육상을 시작한 것을 후회하고 있다. 그래도 나에겐 큰 경험이 되었던 것 같다.

그리움이 가득한 마당

송수정*

    주말에 엄마랑 아빠가 밭에 일하러 가시면 나는 홀로 집에 있었다. 혼자 많이 심심하고 외로워서, 우리 집 마당에 나가서 강아지랑도 놀고 바깥 풍경도 감상하고, 그리고 엄마 아빠가 빨리 집으로 돌아왔으면 하는 마음으로 포도밭 쪽을 괜히 바라보기도 하였다. 왠지 내가 집 안에 있는 것보다 마당에 마중 나와 있으면 엄마, 아빠가 빨리 올 거라는 생각이 들었기 때문이다.

    지금은 엄마, 아빠가 나를 기다리실 때가 많다. 중학생이 되어서

---

* **송수정**. 추풍령중학교 2학년. 여기 묶은 글들은 1학년 때 썼다. 글쓰기도 못하고, 책도 잘 안 읽던 내가 글도 쓰게 되고 책도 읽게 되었다. 내가 좋아하는 글씨 꾸미기, 그림 그리기 말고도 글쓰기와 책 읽기도 좋아지고 있다. 이렇게 좋아하는 것을 하면서 소소한 행복을 느끼고 있다.

학교에서 늦게까지 공부를 하고 오기 때문이다. 고등학생이 되면 영동이나 황간, 김천으로 학교를 가고 기숙사에 들어갈 확률이 높다. 그러면 엄마, 아빠가 일주일 내내 나를 기다리시겠지.

그렇게 우리 집 마당은 그리움이 가득 차 있었고, 가득 차 있으며, 또 가득 차 있을 것이다.

드럼

송수정

우리 중학교는 1학년 2학기 자유학기제로 시험 없는 학기를 하고 있다. 우리 학교 자유학기제는 텃밭 가꾸기, 진로 탐색하기, 골프, 생활미술, 애니메이션, 드럼 등 여러 가지 많은 프로그램을 운영하고 있다.

그 중 나는 드럼을 제일 좋아한다. 나는 드럼을 배우기 전 유튜브로 드럼 치는 사람들의 연주 영상을 많이 접했었다. 그 중 내가 좋아하는 가수 빅뱅 멤버 대성이 드럼 치는 모습을 봤는데 너무 멋있었다. 내가 좋아하는 가수가 드럼을 쳐서 그런지 드럼이 정말 멋진 악기라고 생각되었다. 이런 단순한 이유이지만 내가 좋아하는 가수가 연주한 이유만으로도 드럼에 관심을 가지게 되었다. 처음에는 그냥 멋있다고 생각만 했었는데, 이렇게 멋진 악기를 내가 직접 연주한다고 생각하니 그것으로도 몹시 설레었던 것 같다.

드럼 치는 사람들 중에는 어린 나이부터 드럼을 쳐서 드럼을 잘 치게 된 사람들도 있을 것이고, 드럼 천재라는 사람들도 있을 것이다. 그런 사람들이 너무 부러웠다. 그래서 나도 드럼을 잘 치기 위해 틈틈이 시간 날 때마다 연습을 하고 있다. 집에 드럼이랑 드럼 채가 없어서, 주말에는 드럼 치는 영상을 보면서 연필을 잡고 손동작이라도 연습하고 있다. 야자실에서도 몰래 살짝살짝 드럼 악보를 봐 가면서 악기들 이름들도 외우고, 내가 잘 하지 못하는 부분들은 연필 잡고 연습을 하곤 한다.

학교에는 드럼이 하나밖에 없다 보니, 우리는 여섯 명씩 음악실에서 드럼을 돌아가면서 친다. 한 사람이 치면 모두들 그 드럼 치는 사람을 쳐다본다. 그때마다 심장이 쿵쾅쿵쾅 뛴다. 집에서는 편안하게 연습할 수 있는데, 음악실에서 연습할 때만 되면 긴장이 된다. 나는 드럼을 잘 치고 싶어 하는 마음이 너무 커서 그런지, 마음을 편히 놓고 드럼을 칠 수 없다. 내 친구 영진이는 리듬도 타고 즐기면서 하는 것 같은데, 내가 드럼을 칠 때면 그렇게 즐기면서 치는 모습이 아닌 것 같다. 나도 영진이처럼 드럼을 치고 싶은데 보는 눈이 너무 많고, 잘 해야 된다는 부담감이 있기 때문인 것 같다. 그 누구도 잘 해야 된다고 말한 적이 없는데, 나만 이런 생각을 많이 하는 것 같아 창피했다. 이런 생각만 없으면 드럼을 즐기면서 더 잘 치게 될지도 모른다.

3학년 때 학교에서 축제를 하는데 그때 밴드 공연을 한다. 나는 거기에서 드럼을 치고 싶다. 그래서 지금부터 꾸준히 연습할 것이다. 이렇게 좋아하는 것을 한다는 게 얼마나 행복한지 확실히 느끼고 있다. 앞으로도 틈틈이 연습해서 드럼을 즐기면서 치고 잘 치게 되었으면 좋겠다.

내가 좋아하는 것

송수정

나는 초등학교 때 다이어리 꾸미기를 너무 좋아해서, 그때 글씨 꾸미기와 그림 그리기의 신세계를 접했다. 주말마다 컴퓨터에서 예쁜 글씨와 그림을 찾아 직접 연습을 하기도 했다. 나름의 작품들 중 괜찮은 것들은 방학 숙제로 내기도 하고, 부모님께 자랑하기도 했었다. 초등학교 때는 시간이 많아서 그런지 나름대로 스케치북, 노트에 꽉 차게 그림도 그리고 글씨도 썼었는데, 6학년 겨울방학 때부터는 학원을 다니다 보니 시간이 없어서 내가 좋아하는 것을 하지도 못했다. 그 뒤에는 지금까지 내가 좋아하는 그림과 글씨를 잠시 잊고 그냥 지내온 것 같다.

지난 5월, 책쓰기 동아리에서 대구로 서점 탐방을 갔다. 그때 나는 그림 그리는 책을 샀다. 왜 그림 그리는 책을 샀을까? 그 뒤로 나는 "내가 좋아하는 게 이거였구나" 하고 다시 생각하게 됐다. 요즘에 나는 야자 시간에 할 게 없으면 가끔씩 그림을 그린다. 오랜만에 그려 본 그림이지만 역시 좋아하는 것을 하니 재미있었다.

그리고 국어 선생님께 내가 그림 그리는 것을 좋아한다고 말씀드렸더니, 아는 사람 중에 그림 그리는 분을 직접 학교에 초청해서 강연도 하게 해 주신다고 하셨다. 나는 "내가 좋아하는 것을 더 잘할 수 있도록 도와주는 사람이 있구나" 하고 생각했다. 다시 한번 내가 좋아하는 그림 그리기를 많이 해야겠다고 결심했다.

처음에는 취미로 했는데 지금은 더 잘 그리게 돼서 나 스스로 뿌듯하다. 앞으로도 시간 날 때 틈틈이 그림을 그려야겠다. 얼른 실력이 나아졌으면 좋겠다.

힘들어도 포기하지 않으면

『프리덤 라이터스 다이어리』를 읽고

송수정

『프리덤 라이터스 다이어리』를 읽고 나는 내 꿈에 대해서 많이
생각해 보게 되었다. 나는 초등학교 선생님이 되고 싶은데, 이 책에
나온 선생님을 보고 나도 저런 멋진 선생님이 되고 싶다고 다시 다
짐을 하게 되었다. 내가 선생님의 꿈을 키우게 된 것은, 1학년 때부
터 나를 가르쳐주신 선생님들이 너무 존경스럽고 나도 저렇게 되
고 싶다고 많이 생각해 왔기 때문이다.

　나는 초등학교 저학년 때에만 일기를 썼다. 처음에는 일기를 왜
쓰는지 몰랐다. 아빠도 매일 일기를 쓰시는데 나는 귀찮다고만 생
각해서 대충 썼다. 그런데 점점 학년이 올라가면서 일기를 좀 더 솔
직하게 쓴 것 같다. 처음에는 선생님께서 검사하시니까 좋은 쪽으
로만 써야지 생각했는데, 나중에는 내 마음을 솔직히 털어놓고 쓰

니 일기 쓰는 것도 나쁘지 않았다. 나도 선생님이 되면 학생들에게 일기를 쓰게 해서 어려움이 있으면 여러 가지 도움을 많이 주고 싶어졌다. 이 책에서도 그루웰 선생님이 학생들에게 일기를 쓰게 했고, 학생들을 변화시킨 것이 인상적이었다.

나는 책쓰기 동아리에 들어온 것이 영광이라고 생각한다. 글쓰기를 통해 여러 가지를 많이 얻어 가고, 책을 더 접할 수 있는 기회도 생겼기 때문이다. 그리고 어려움을 겪어야 그만큼 좋은 일이 나한테 오는 것 같다는 생각도 했다. 어렵고 힘들다고 포기하면, 진짜 나중에 포기하지 않고 끝까지 일을 해 낸 사람을 부러워할 것 같다. 지금 동아리 활동이 쉽지 않고 글쓰기도 힘들지만, 힘들어도 꾹 참고 포기하지만 않으면 나중에 행복하게 살 것 같다.

나는 글을 쓸 때 내 느낌을 너무 많이 쓰는 것 같아 항상 걱정을 한다. 이게 옳은지 옳지 않은지 잘 모르겠다. 나는 평소에 말을 많이 안 하고 겉으로도 표현을 잘 안 하는 편이니까 글쓰기로 내 생각을 많이 밝히는 것 같아 좋다. 『프리덤 라이터스 다이어리』에서도 글 쓸 때는 학생 모두가 솔직해지는 것 같다. 뭔가 그냥 다른 사람에게, 아니 선생님께라도 솔직해지는 학생들이 멋있다. 그리고 처음부터 아니지만 선생님을 위해 열심히 활동 잘 하는 학생들이 멋졌다. 나도 얼른 선생님이 되어서 저런 학생들을 만나고 싶다. 그러기 위해선 나도 선생님 말씀을 잘 들어야겠다.

그동안 나도 『프리덤 라이터스 다이어리』에 나오는 학생들처럼 책을 멀리했었다. 책을 읽는 것은 거의 방학숙제나 숙제를 할 때, 수업 시간 교과서에 있는 글을 읽을 때뿐이었다. 부모님도 나한테 책을 읽으라고 늘 말씀하시는데, 그때 나는 계속 노래만 듣고 책에 전혀 관심이 없었다. 기껏 책을 읽으면 일러스트 그림 그리기 책이나 컬러링 북, 아니면 그냥 글이 적게 있는 책, 만화책이었다. 그림도 없고 글만 빽빽이 쓰여 있는 책이 뭐가 좋은지 난 몰랐다. 그런데 가끔씩 아주 가끔씩이라도 책을 조금이나마 읽으니 재밌었다. 글로 된 이야기가 내 머릿속엔 그림으로 이미지로 변하니 머리에 쏙쏙 들어와서 좋았다. 책 안 읽던 나에겐 그야말로 신세계였다.

처음 하려는 일은 다 쉽지 않은 것 같다. 이 사고 치는 학생들이 일기를 쓰고, 아픈 상처를 솔직하게 말하는 것도 처음에는 쉽지 않았을 것이다. 그루웰 선생님과 학생들의 의지처럼, 나도 마음을 열고 책 읽기를 즐기려고 노력해 봐야겠다. 뭔가 힘든 일이 있지만 나중에는 그들의 이야기를 써서 책을 만들어 낸 것도 멋있다. 우리 동아리도 책을 쓰는데, 힘들어도 열심히 하면 멋진 책이 완성될 것 같다. 나의 멋진 책을 기대해 본다.

나의 중국 여행기

손명호*

우리는 중국에 가기 전에 중국 역사에 대해 조사를 했다.** 조사를 하면서 중국 역사가 정말 길다고 생각했다. 그래서 직접 중국에 가면 인터넷에서 조사한 것보다 더 많이 배울 것 같고, 중국의 문화나 환경과 같은 새로운 것도 배울 것 같아서 기대를 많이 하였다.

첫째 날에는, 뮤지컬 〈금면왕조〉를 보러 갔다. 〈금면왕조〉는 초

---

* **손명호.** 추풍령중학교 2학년. 여기 묶은 글들은 1학년 때 썼다. 책을 많이 읽지 않았던 내가 직접 책을 써 보니까, 책을 읽는 것보다 쓰는 것이 시간도 많이 걸리고 더 힘들다는 것을 알게 되었다. 그래도 글 마무리를 짓고 나니 참 보람 있는 일이라는 생각이 들었다.
** 2015년 2학기, 추풍령중학교 학생들은 중국으로 해외역사문화체험학습을 떠났다. 이 프로그램은 1학년 입학생 전원을 대상으로 실시되었다. 2015년에는 인근의 소규모 학교인 심천중학교, 학산중학교와 함께 프로그램을 운영하였다. (엮은이)

대형 뮤지컬이다. 그런 만큼 무대들이 크고 신기했다. 〈금면왕조〉에서 왕비가 자기 몸을 바쳐 홍수를 막는 장면이 나오는데 그 장면이 무척 감동적이었고, 무대도 폭포수가 떨어지고 진짜 물소리도 나서 굉장히 신기하고 아름다웠다.

둘째 날에는 만리장성에 갔다. 밑에서 만리장성을 올려다볼 때는 굉장히 높아 보였는데, 생각보다 올라가는 데 시간이 많이 걸리지는 않았다. 위에서 내려다보니 풍경이 아래에서 위로 보는 것보다 더 아름다웠다. 사진으로만 보던 만리장성을 직접 보니 중국의 웅장함을 느낄 수 있었다. 그리고 지금 우리가 만리장성을 쌓는 사람이 아닌, 만리장성을 오르는 사람인 것이 참 다행이라고 생각했다. 만리장성을 쌓는 데 많은 사람들이 고생했고 심지어 죽기도 했다는 것을 알게 되었기 때문이다.

만리장성을 뒤로 하고 우리는 '명 13릉'에 갔다. '명 13릉' 지하궁전에는 돈이 무덤처럼 많이 쌓여 있는데, 사람들은 여기에 돈을 던지면 오래 산다고 믿기 때문이라고 한다. 그리고 여기에 공항검색기가 있었는데 중국은 보완이 철저하다는 생각도 했다. 그런 것은 우리나라가 배워야 할 것 같다.

그 다음에는 이화원에 갔다. 이화원은 서태후의 별장이었다. 이화원의 인공 호수와 산은 참 아름다웠다. 옛날 중국 사람들은 참 힘들었을 것 같다. 그리고 북경인민대학교에도 갔다. 그곳에서 공부하고 있는 한국인 유학생이 많았다. 나도 그런 한국인 유학생처럼 열심히 할 것이다.

셋째 날에는 먼저 '전문대가'에 갔다. 이곳은 많은 상점들이 전통 가옥과 조화를 이룬 모습이 이색적인 볼거리이다. 이곳의 전통 가옥은 이번 중국 여행에서 본 건축물 중에 가장 아름다웠다. 그 다음에는 '국가 박물관'에 갔다. 시간이 너무 적어서 시간이 좀 더 많았으면 좋겠다. 우리 담임 선생님께서는 영어 선생님이신데 역사도 잘하셔서 우리한테 설명도 해주셨다.

다음으로 '인력거 체험'을 하였다. TV에서만 보던 인력거를 직접 타 보니까 보는 것보다 훨씬 좋았다. 나는 성민이랑 같이 탔는데 아저씨가 빠르게 가서서 시원하게 잘 갔다. 인력거를 타고 지나가며 볼 수 있었던 강은 참 아름다웠다. 끝난 후에 팁을 주었는데 아저씨의 웃음이 기억에 남았다.

그 다음에는 '왕부정 거리'를 갔는데 우리나라에서 볼 수 없는 먹거리도 보았다. 그 중에서 나는 탕후루(과일 꼬치)를 샀는데 정말 시었다. 전갈도 파는 것을 보았는데 전갈이 꿈틀거렸다. 그런데 내 친구 두 명이 전갈을 먹었다. 징그러웠다.

여행하는 동안에 중국의 유적지를 많이 보았는데, 중국이 참 큰 나라, 저력이 있는 나라라는 것을 직접 실감하였다. 4일 동안 힘들었지만 재미있게 보냈다. 힘들었던 만큼 경험도 많이 하고 추억도 많이 만든 좋은 여행이었다. 다음에 기회가 있으면 또 가고 싶다.

하늘에 있는 구름에도 표정이 있다

손명호

구름은 나와 비슷하다. 때로는 붉게 검게, 때로는 깃털 모양이나 얼굴 모양처럼 만든다. 구름도 감정이 있는 것이다. 구름이 지은 표정들은 모두 자연이 만들어냈다.

내 친구들은 내 표정을 만든다. 친구들과 떠들 때, 친구들과 다툴 때, 친구들과 장난 칠 때 나는 항상 표정이 변한다. 때로는 구름이 비를 내리는 것처럼 내 마음에도 가끔씩 비가 내린다.

나는 혼자 있을 때 구름을 쳐다볼 때가 많다. 그때 이런 생각을 한다. 나도 구름이 되고 싶다. 구름은 바람을 타고 하늘을 자유롭게 날 수 있기 때문이다. 하늘을 날다가 내려다보는 바다와 육지는 참 아름답겠지. 구름은 매일 그것만 내려다보아도 시간이 빨리 지나 갈 것 같다.

이삭베이커리 이야기

서희원*

　'이삭베이커리'는 우리 부모님이 운영하시는 빵집이다. 아침부
터 부모님께서는 빵을 만드신다. 추풍령에 구수하고 달콤한 빵 냄
새가 퍼지면, 농사일 하는 아줌마 아저씨들은 '참'으로, 또 어떤 사
람들은 끼니로, 간식으로, 남녀노소 할 것 없이 따뜻한 빵 냄새에
이끌려 이삭베이커리로 모인다.

　부모님은 옛날부터 빵을 만드셨다. 처음에는 동네 빵집 말고 호
텔에서 빵을 만드셨다. 그러다가 호텔 베이커리에서 나와서 추풍

---

* **서희원.** 추풍령중학교 2학년. 여기 묶은 글들은 1학년 때 썼다. 책쓰기 동아리 활동을 통해 책
과 가까워지고 글 쓰는 즐거움을 느끼게 되었다. 또한 책에 대해 많은 관심을 가지게 되었고, 이
동아리 활동이 앞으로 독서하는 데 동기 부여가 될 것 같다.

령에 빵집을 차리셨다고 했다. 하지만 부모님은 사정상 한동안 빵집 문을 닫고 다른 일을 하셨는데, 오랜 세월이 흘러 다시 이삭베이커리를 시작하신 것이다.

'이삭베이커리' 이름을 들은 분들은 대부분 벼 이삭의 '이삭'으로 생각하는데, '이삭'의 뜻은 성경에 나오는 '이삭'을 뜻하는 것이다. 아버지께선 성경에 나오는 분들을 다 좋아하는데, 그 중에 가장 좋아하는 두 분 중에 '이삭'이란 분이 있다. 두 분 중에 곰곰이 생각한 끝에 '이삭'을 선택해서 빵집 이름을 지으셨다고 한다.

사실 말로만 빵집, 빵집, 이러셔서 진짜 가게를 차리실 줄은 몰랐는데, 정말 빵집을 차리시니까 신기했다. 벌써 빵집을 차린 지 2년이 넘고 3년이 다 되어간다. 물론 장사가 잘 안 되는 날도 많다. 비가 오거나 바람이 세게 불거나, 날씨가 많이 안 좋은 날은 확실히 장사가 잘 안 된다. 그래서 나는 날씨가 좋기를 기도하곤 한다.

앞으로도 아빠가 남녀노소 다 좋아하는 빵을 만드는 것을 도와드릴 거다. 오늘도 이삭베이커리의 따뜻한 마음과 웃음을 먹는다.

비 오는 날의 레일바이크

강은총*

초등학교 4학년 여름, 그날은 방과 후 학교를 하지 않는 날이었다. 모처럼 방과 후 학교가 없는 날을 그냥 놓칠 수는 없는 일. 친구들과 함께 우리 마을 공원에 있는 레일바이크를 타러 학교에서부터 걸어서 갔다. 공원에 도착해서 친구들과 같이 레일바이크에 탔다. 레일바이크의 바퀴를 굴린 지 한 20분 뒤에 "철커덕!" 소리가 나더니 더 이상 바퀴가 굴러가지 않았다. 레일바이크에서 내려서 보니 한쪽 바퀴가 레일에서 빠졌다. 원래 레일바이크 바퀴가 레일

---

* **강은총**. 추풍령중학교 2학년. 여기 묶은 글들은 1학년 때 썼다. 나는 책을 읽을 때, 감동받은 부분이나 다른 사람한테 보여주고 싶다는 생각이 드는 부분은 기억해 두었다가 독후감에 쓴다. 중학교에 들어와서 쓴 독후감을 선생님께 칭찬받은 이후로 글 쓰는 일에 더욱 자신감이 붙었다. 앞으로도 열심히 글을 쓰고 싶다.

에서 자주 빠지는 편이라서, 친구들과 레일바이크를 들어 올려서 다시 바퀴를 레일 위로 올리려고 하였다. 모두 힘껏 힘을 합쳐서 레일바이크를 들어 올렸지만, 그 무거운 레일바이크는 개미가 바퀴 밑을 지나갈 정도만 들렸다. 그때 하필 비도 왔다. 이런저런 방법으로 들어 올려 보았지만 모두 실패했다. 이런.

그때 학원 선생님이 차를 타고 레일바이크가 있는 공원을 지나가는 길에 우리를 보았다. 학원 선생님이 소리를 치시면서 "너희 뭐 하니? 빨리 타. 학원 가야지!" 하고 우리를 부르셨다. 학원에 가기는 싫었지만 선생님이 우리를 빤히 보고 계셔서 쨀 수도 없었다. 어쩔 수 없이 학원 선생님 차에 실려 학원에 갔다. 레일바이크 고쳐야 하는데…….

주말에 친구들과 다시 공원에 가 보았다. 다행히 레일바이크는 고쳐져 있었다. 반가운 마음에 다시 레일바이크를 타고 놀았다. 지금의 레일바이크는 바퀴가 또 빠져 있을지도 모른다. 마을 공원에 그런 놀 거리가 많이 생겼으면 좋겠다.

하수구와 숙제

강은총

우리 집 앞에는 하수구가 하나 있다. 그 하수구가 원래는 정말 시원하게 잘 흘러가는데, 장마 때 폭우가 오는 날이면 넘치는 경우가 있다. 그래서 장마가 오기 전에 아저씨들이 연장으로 뚜껑을 들어 올려 쓰레기가 있으면 치워서 넘치지 않게 해 준다.

나도 다음 주까지 내야 하는 숙제가 있는데 그것을 계속 미루다가 혼쭐이 난 적이 많다. 숙제를 내야 하는 전날이나 당일에 난감한 상황에 처하지 않도록 미리미리 준비를 해야 한다. 장마가 오기 전에 하수구 쓰레기를 치워야 하는 것처럼.

내 꿈은 아프리카티비 비제이

강은총

내 꿈은 아프리카티비(Afreeca TV) 비제이(BJ)가 되는 것이다. 이 꿈은 초등학교 6학년 때부터 꾸게 되었다.

'아프리카티비'란 사람들이 자기의 컴퓨터를 켜서 개인 방송을 하는 하나의 작은 방송국이라고 볼 수도 있다. 아프리카티비는 크게 두 가지로 분류가 된다.

첫 번째는 게임 방송. 게임 방송에서 인기 있는 비제이는 롤(LOL)방송을 하고 있는 아프리카티비 1위 '비제이 로이 조'이다. '로이 조'는 올해 인기가 있었던 롤 방송을 하게 되면서 상위권을 유지하고 있는 비제이이다. 그리고 또 다른 인기 게임 비제이는 '양 떵'과 '악어'가 있다. '양떵'과 '악어'는 상위권에서 순위를 다투고 있는 비제이들이다. 지금 현재 순위로는 '악어'가 2위, '양떵'이 3위이다.

두 번째는 캠 방송. 캠 방송은 또 두 가지로 분류된다. 여캠과 남캠으로 말이다. 게임 방송은 시청자들에게 게임 화면과 자기 목소리만 보여 주었다면, 캠 방송은 자기의 얼굴로 토크를 하면서 방송을 하는 것을 말한다. 여캠 중 인기 있는 비제이는 10월 18일자 〈TV 출발 드림팀〉에 나온 '비제이 엣지'다. '엣지'는 두툼한 입술과 시원시원한 입담으로 많은 애청자를 보유하고 있다. 그리고 남캠에서는 8월에서 9월 말까지 페이스북에서 윈도우송, 입술 때려 주고 싶은 남자로 유명해진 '비제이 세야'이다. '세야'는 내가 정말 좋아하는 비제이이다.

나는 원래 게임 방송을 보고 비제이라는 꿈을 키워 왔다. 6학년 때 처음 아프리카티비라는 것을 알게 되고, 그러다가 아프리카티비 게임 비제이 '양띵'을 알게 되었다. '양띵'을 보며 나도 저렇게 많은 사람들과 소통하고 싶다는 생각이 들어, 한복 디자이너라는 장래 희망을 잠시 접어두고 아프리카티비 비제이가 되고 싶다는 생각을 하게 되었다.

중학교에 올라와서 "제 꿈은 아프리카티비 비제이입니다"라고 하니까 선생님들이 "아프리카티비가 뭐야? 너 아프리카 가서 사진 찍을 거야?" 같은 질문들을 많이 하셨다. 그런 질문을 받으면서 "이렇게 비제이라는 직업이 알려지지 않았는데, 내가 미래에 정말로 그 꿈을 이루어 낼 수 있을까?" 하는 생각이 들었다.

그 장래 희망을 이루기 위해 지금 내가 하는 노력은 정말 간단하다. 첫 번째는 친구들과 놀며 소통하기, 두 번째는 내가 닮고 싶은 비제이의 방송 많이 보기이다. 걱정되는 것은 "내가 정말 시청자들과 잘 소통할 수 있을까?", "내가 방송을 할 때 시청자들이 많이 찾아올까?", "내가 재미없는 것은 아니겠지? 어떻게 해야 방송을 잘 할 수 있을까?"와 같은 것들이다. 그리고 숨기고 싶은 비밀이긴 한데, 나는 가끔 심심할 때마다 실제로 방송하는 것처럼 '먹방'을 찍기도 하고 게임 해설도 촬영한다. 그 동영상에 찍힌 내 목소리나 진행의 흐름을 보며 막 웃기도 하고, 또 이건 고쳐야지 하며 반성도한다. 이렇게 나는 비제이가 꼭 되고 싶다. 나중에 고등학교, 대학교를 진학해서도 이 꿈을 이루기 위해 노력해야겠다.

감동을 주는 사람이 되고 싶다

『프리덤 라이터스 다이어리』를 읽고

강은총

〈프리덤 라이터스〉라는 낯선 이름의 영화를 본 후, 원작 소설을 읽을 기회가 생겼다.

본격적으로 책을 읽기 전에 표지를 먼저 보았다. 정말 감동적인 글귀가 눈에 띄었다. 바로 "단 한 명의 아이도 포기할 수 없어요"라는 글귀였다. 책을 읽어 보기도 전에 이건 영화의 주인공이었던 그루웰 선생님이 말한 것이라고 알 수 있었다. 이 글귀가 가장 이 책을 잘 표현한 말이라고 생각하면서, 그루웰 선생님의 마음을 왠지 알 것 같은 느낌으로 책을 천천히 읽어 나갔다.

흑인과 백인이 같이 다니는 통합 학교를 세웠는데, 백인 교실과 흑인 교실을 분리해서 수업을 한다. 그 학교에 다니는 흑인 학생들은 가족이나 친구가 죽음을 당해서 좀 나쁜 짓을 많이 하는 학생들이었다. 학교에 새로운 선생님(그루웰 선생님)이 오셨고, 흑인 학생들이 있는 반을 맡게 되었다. 그리고 선생님의 노력으로 흑인 학생들이 착하게 살아가게 된다는 이야기이다.

책을 읽으면서 '몇 학년 몇 년 가을'과 같이 쓰여 있는 것이 더 실화라고 느껴졌다. 그리고 6학년 때 담임 선생님이셨던 이미옥 선생님이 생각이 났다. 그 누구보다도 학교에서 우리들을 바른 길로 인도해 주려고 애쓰셨던 선생님이었고, 그래서 더더욱 그리운 선생님이다. 우리가 졸업을 하고 선생님이 결혼을 하셔서 이젠 못 뵙지만, 나중이라도 뵌다면 『프리덤 라이터스 다이어리』 독후감에 선생님의 이야기를 썼던 것이 생각날 것 같다.

그루웰 선생님은 반 학생들에게 일기장을 주고 하루에 한 번씩 쓰고 싶은 글이나 그런 것을 적어서 집에 가기 전에 책장에 넣어 두라고 했다. 처음에는 학생들이 그 일기장을 쓰는 것을 싫어하는 눈치였다. 하지만 종례를 마치고 혹시나 싶어서 그루웰 선생님이 책장을 열어 보았는데 학생들의 일기장이 들어 있었다. 난 그 장면이 참 좋았다. 그루웰 선생님의 말씀이 설득력이 있다고 생각했다. 나도 훗날에는 다른 사람을 설득시키고, 감동을 주는 사람이 되고 싶다고 이 책을 읽으며 느꼈다.

생각해 보니 이렇게 두꺼운 책을 읽은 건 처음인 것 같다. 책을 읽으며 생각한 건데, 확실히 영화로 보는 게 더 쉽지만 이렇게 머릿속에서 그 장면을 상상하며 읽는 것도 좋은 것 같다. 그리고 엔딩을 알고 읽으니 아무리 힘겨운 상황이 나와도 나중에는 잘될 것이라고 별 걱정 없이 넘어갔던 것 같다. 만약 엔딩을 몰랐다면, 훨씬 더 신나게 책을 읽으려고 했을 것이다.

얼마 전에 우리 반 전체가 『시간을 파는 상점』(김선영 지음, 자음과모음, 2012)을 읽었던 생각이 났다. 야간 자율학습을 하는 친구들이 책이 재미있다고 해서 읽기 시작했는데, 주인공이었던 온조의 이야기가 너무 재미있어서 시간 가는 줄 몰랐다. 앞으로도 재미있는 책을 많이 읽었으면 좋겠다. 그리고 사람들이 멋있게 감동적으로 사는 모습을 많이 보고, 나도 그렇게 살고 싶다.

2014년 가을, 도담도담이 첫 걸음을 내디뎠습니다.

처음이라서 그랬는지 잔뜩 긴장을 했고, 우리의 힘은 생각보다 충분치 않았습니다.

처음부터 추풍령의 역사, 지리, 사회문화 등 많은 이야기들을

모두 담아내려고 했으니 많이 무리를 했던 것이지요.

서투르지만 우리는 각자 마을의 어르신들을 뵙고 인터뷰를 하거나 문헌 자료 등을

조사하고 마을을 다시 돌아보면서 마을에 얽힌 이야기들을 기록했고,

여기 그 결과를 담았습니다.

2장

우리의 두 발로 만난

추풍령 이야기

내가 살고 있는 추풍령

신예지

충북 영동군 추풍령면 작동리, 우리 동네를 소개하는 글을 써야 하는데 무엇을 써야 할지 막막했다. 글을 쓰기 위해서 엄마한테 여쭈어 보았으나 딱히 특별한 것이 없다고 하셨다. 다른 동네의 이야기를 쓰기에는 조사하기가 너무 힘들 것 같아서 손을 대기가 난감했다.

그래서 '도담도담' 모임이 끝나고 선생님께서 집에 데려다 주실 때 무엇을 쓰면 좋을지 여쭈어 봤더니, 좋은 주제를 추천해 주셨다. 추풍령이 백두대간에 포함되어 있다는 것이다. 비록 다른 산들에 비해 낮아서 백두대간이라 하기 그렇다 하지만. 추풍령에 와서 살게 된 지 거의 십 년 정도가 되어 가지만 전혀 몰랐었다. 그래서 자료 조사를 일단 해 보았다. 사실 많은 자료들은 기대를 하지 않았는데, 생각 외로 추풍령에 대한 글이 인터넷 블로그 같은 곳에 많이 올라와 있었다. 그래서 자료 조사가 생각보다 수월했다.

백두대간?

사실 나는 백두대간이 무엇인지 잘 몰랐다. 그래서 글을 쓰기 위해 백두대간이 무엇인지도 조사해 보았다. 두산백과에는 백두대간 (白頭大幹)이 "백두산에서 지리산까지 이어지는 한반도의 가장 크고 긴 산줄기"라고 나온다.

사실 나는 산이나 등산에는 관심이 하나도 없었던 터라, 부끄럽게도 처음에 지리산에 대해 들었을 때 "지리산은 서울에 있는 거 아닌가?" 하고 생각했다. 궁금하면 찾아봐야지. 그래서 지리산의 위치를 찾아보았다. 지리산은 전북 남원시, 전남 구례군, 경남 산청군·하동군·함양군에 걸쳐 있다. 더 추가해서 설명하자면 지리산의 높이는 1916.77미터이며, 지리산이라는 이름은 "어리석은 사람이 머물면 지혜로운 사람으로 달라진다" 하여 붙여지게 되었다고 한다. 두류산(頭流山)이라고도 불렸는데, 이는 "멀리 백두대간이 흘러왔다" 하여 붙여졌다. 그리고 지리산은 1967년 국립공원 제1호로 지정되었다.

백두산은 북한 양강도(량강도) 삼지연군과 중국 지린성의 경계에 있는 산이다. 높이는 2750미터로 한반도에서 가장 높은 산이다. 백두산이라는 이름은 흰색의 부석(浮石)이 얹혀 있어 흰머리와 같다 하여 붙여졌다. 백두대간은 이 두 명산을 잇는 한반도의 뼈대와도 같은 것이다.

추풍령부터 큰재까지

인터넷에 올라와 있는 글을 보면, 백두대간을 산행할 때 추풍령부터 큰재까지를 하루 일정으로 잡는다고 한다. 백두대간을 종주하는 산꾼들에게는 쉬어가는 구간이다. 총 거리는 약 18킬로미터에서 19킬로미터쯤의 먼 거리이지만, 고도 차이가 크지 않고 평탄한 길이기 때문이다.

이 구간을 중화지구라고 부르기도 한다. 김천 황악산과 상주 속리산의 중간에 해당하는 상주 구간은 해발 높이가 300~400미터밖에 되지 않는다. 이 지구는 옛 중모현과 화령현에 속하던 땅이라 해중화지구라는 이름으로 불리게 되었다고 한다. 이 외에도 백두대간을 넘어가 있거나 그 위에 올라앉아 있는 땅이라는 특징 때문이기도 한다고 한다.

중화지구라는 이름의 뜻을 찾기가 어려웠는데, 다행히 신문기사가 하나 있어서 참고할 수 있었다. 중모현과 화령현이 어느 시대의 행정구역인지 검색해 보니 쉽게 알 수 있었다. 중모현은 고려시대의, 화령현은 조선시대의 행정 구역이었다. 상주 구간이라고 해서 순간 중화지구에 포함된 것이 맞는지 혼란스러웠는데, 하신안 쪽 바로 옆 지역이 상주라는 것이 떠올랐다.

추풍령에서 큰재까지의 구간은 추풍령, 금산, 작점고개, 용문산, 국수봉, 큰재를 잇는 구간이라고 한다. 이 구간의 출발점은 카리브모텔 앞에 있는 추풍령 표지석이었다. 카리브모텔과 표지석은 김천을 가기 위해 차를 타고 가면 보이는 곳이기 때문에 나도 많이 봤던 곳이다.

카리브모텔 옆에 길이 하나 있는데 그곳으로 걸어가다 보면 금산으로 갈 수 있었다. 금산은 채석 때문에 산의 반쯤이 깎여 나가 바위들이 보인다. 내가 초등학교 다닐 때까지는 초록색 그물망만 쳐 놓은 것과 그 앞에 작은 나무들을 심어 놓은 광경밖에 보지 못했었다. 요즘에는 그물망 사이에서도 풀과 나무들이 자라기 시작해서 앞으로 몇십 년 후면 산의 모습을 다시 찾을 수 있을 것 같다. 왜 하필이면 백두대간에 포함되어 있는 산을 채석하는 데 이용한 것인지는 이해가 잘 가질 않는다.

그렇게 가다 보면 작점고개인데 이곳도 내가 아는 곳이다. 여기는 김천과 추풍령의 경계에 있다. 여기에 정자가 있는데, 초등학교 6학년 때 거기에서 햄버거를 먹었던 기억이 난다. 그 근처의 묘함산이란 곳은 우리 동네 분들은 내남산이라고 부르는데, 산의 정상까지 시멘트길이 되어 있고 정상에는 옛 군대의 기지가 있다. 나는 어릴 때 말고는 가 본 적이 없었는데, 올해 추석 때 친척들과 함께 차를 타고 가 봤다. 길이 오르막에 울퉁불퉁하고 꼬불꼬불 커브길이 많아서 무서웠다. 정상에 가 보니 헬기가 착륙하는 곳이 있고, 옛날에는 군사기지로 쓰였지만 지금은 사용되는지 모르겠다. 길의 구석에서 챙겨온 음식들을 먹으면서 쉬고 있었는데, 아무도 안 다닐 듯한 길에 은근 차들이 지나다녔다. 물론 몇 대 안 됐지만. 길 옆으로 동네들이 보이는데 정말 예뻤다. 스카이다이빙도 한다는 것 같았다.

작점고개 다음은 용문산이다. 사실 여기는 잘 모르기 때문에 쓸 만한 이야기가 없다. 국수봉과 큰재도 마찬가지이고.

내가 좋아하는 추풍령의 맛집

추풍령에는 맛집이 몇 군데 있다. 저번 도담도담 모임 때 김기훈 선생님이 대호반점을 인터넷에서 검색하면 나온다는 하신 것이 생각나서 검색해 보았더니 정말 나왔다. 지도에서도 추풍령에 있는 대호반점이 제일 위에 떠서 반가웠다. 우리식당도 뜨고 말이다.

추풍령에 살다 보니 그 두 중화식당은 모두 가 봤는데 나는 개인적으로 대호반점이 더 좋은 것 같다. 특히 탕수육은! 대호반점의 탕수육 소스는 투명한 색이고 우리식당은 주황색 빛깔이 나는데, 나는 대호반점 소스가 더 좋다. 무론 내 개인적인 입맛이니까 사람마다 다르겠지만! 내 친구는 우리식당 탕수육이 더 좋다고 한다. 우리식당 짬뽕은 대호반점보다 매워서 매운 것을 잘 못 먹는 나는 대호반점을 더 자주 간다. 거리도 학교에서 가깝고. 물론 백두대간 종주하시는 분들은 우리식당이 더 가깝겠지만. 가격은 둘 다 비슷하고, 양은 우리식당이 더 많은 것 같다.

추풍령에는 고깃집도 많다. 나는 김천 쪽에 있는 추풍령할매갈비가 맛있는 것 같다. 엄밀히 따지면 김천에 속해 있지만, 이름이 추풍령할매갈비니까 써야겠다. 추풍령에도 하나 더 있는데 나는 김천 쪽이 더 좋다.

그리고 2014년에 새로 생긴 고깃집이 있는데 이름은 기억이 안 나서 못 쓰겠다. 농약방 바로 근처에 있는 곳인데 이번 방학식 때 친구들이랑 같이 가서 사 먹었다. 맛은 있었는데 양이 적어서 아쉬웠다. 원래 양이 그렇게 적은 건지, 아니면 거기만 유난히 적은 것인지는 나도 잘 모르겠다. 원래 다 그렇게 적은 것 같긴 한데……. 주인 아주머니가 친절하셔서 좋았다. 나는 반찬으로 나오는 계란찜이랑 콘치즈가 특히 맛있었다. 공기밥 시키면 나오는 된장찌개도 정말 맛있고! 그 외에도 음식점은 많은데, 사실 내가 추풍령에서는 잘 안 사 먹어서 잘 모르겠다.

이런 좋은 곳에서 자라고 있어서 다행이다

사실 도담도담을 하기 전까지는 내가 살고 있는 추풍령이 어떤 곳인지 알려고 시도하지도 않았고 궁금해 하지도 않았다. 시골이라고 창피해 하기도 했다. 그럴 이유가 없는데도 말이다. 시골은 시골 나름대로의 매력이 있고, 도시는 도시 나름대로 매력이 있는 것이다.

시골의 매력을 말하라고 하면 밤하늘이 예쁘다는 거? 도시에서는 별을 보기가 힘들다. 도시 전체에 불빛은 많지만 정작 하늘을 올려다보면 별빛은 하나도 없다. 시골에는 도시에 있는 아름다운 야경은 없지만 하늘에 빼곡히 박혀 있는 예쁜 별들은 많다.

아마 내가 도시에 살았다면 학원에 치여 살아가지 않았을까 싶다. 추풍령에는 학원이 없어서 다니고 싶어도 못 다니니까! 어쩌면 추풍령에 산다는 게 다행일지 모르겠다. 또 도시에서는 느낄 수 없는 정들이 넘치니까 좋다. 실제로 동네 할머니들께서는 과자나 빵, 음료수를 가끔씩 내게 주곤 하신다. 하나하나 생각해 보니 추풍령은 정말 좋은 곳인 것 같다. 이런 좋은 곳에서 자라고 있어서 다행이다.

도담도담 덕분에 추풍령에 대해 다시 생각할 수 있었다. 도담도담을 안 했으면 아마 추풍령이 백두대간에 포함되어 있는지도 전혀 모르고 있었을 것이다. 앞으로는 내가 살고 있는 이 지역 추풍령에 관심을 더 가져야겠다. 이곳에는 나의 추억들이 많이 있으니까.
아마 앞으로도 더 많이 생기겠지만.

추풍령을 걸으며

장유정

추풍령 벽화거리

추풍령 1, 2구*를 찾았다. 이곳은 추풍령 시외버스터미널, 추풍령역에서 내리면 바로 만날 수 있는 곳이다. 소박하지만 추풍령면민들의 중요한 삶의 터전인 것이다.

추풍령역을 나서면 마을이 눈앞에 펼쳐진다. 추풍령역 정면으로 쭉 걸어가면 추풍령면사무소, 추풍령면민회관, 보건소, 추풍령제일교회, 추풍령초등학교 등 이곳의 주요 기관들이 모여 있고, 기대 못 했던 반가운 손님처럼 벽화거리가 눈에 띈다. 추풍령에서 지내

---

* 추풍령에서 가장 번화한 곳을 행정적인 편의로 추풍령 1, 2구라는 이름을 붙여 부른다. (엮은이)

면 이 길을 한 번쯤은 걷게 되는데, 벽화가 있다 보니 느낌도 있어 보이고 다른 길보다 이곳 길이 많이 생각난다. 시골 풍경을 따스하게 보듬어 주는 그림들은 이 길을 걷던 사람들의 발걸음을 잠시 멈추게 하는 마법의 힘을 지니고 있다. 나는 추풍령 1, 2구에서 제일 아름다운 거리가 이곳이라고 생각한다.

자칫 삭막할 수 있는 길을 걸으며 많은 생각을 하다 보면 민가가 끊기게 된다. 민가가 끊기는 곳에는 넓은 포도밭이 우리를 맞이한다. 이 포도밭은 우리 추풍령 마을의 상징이라고 볼 수 있다. 가을 포도 수확을 할 때면, 추풍령면을 가득 채우는 달고 맛있게 느껴지는 포도향이 사람들의 침을 고이게 만든다. 지금 같은 겨울엔 포도 수확을 끝낸 밭에 눈꽃이 피어 있다. 추풍령 겨울. 하얗고 폭신한 눈들을 만날 수 있다. 이렇게 추풍령 마을은 계절이 바뀌면 각자 다른 느낌을 우리에게 선물로 안겨 준다.

추풍령역 급수탑

추풍령역에 들어서면 한쪽에 '급수탑'이 눈에 보인다. 급수탑은 과거 증기기관차에 물을 공급하던 구조물이다. 이 탑은 우물에서 물을 퍼 위에 있는 탱크까지 끌어올려 이를 각 기차로 공급하는 역할을 하며, 그 물은 연료에 의해 증기로 변한다. 그리고 그 증기의

추풍령역 급수탑 | Water Tower at Chupungnyeong Station

문화유산자재 제42호, 1939년 건립
Registered Cultural Heritage No. 42, Built in 1939

이 시설물은 경부선을 운행하던 증기기관차에 물을 공급하기 위해 설치된 급수탑이다. 현재 남아 있는 철도 급수탑 중 유일하게 평면이 사각형으로 되어 있으며, 전체적인 입면 구성은 기단부, 기계실, 물통의 3단 구성으로 다른 급수탑의 구성과 비슷하다. 기계실 내부에는 당시 증기기관차에 물을 공급하던 펌프가 있고, 급수탑 외부에는 급수에 필요한 물을 끌어들인 연못 등 급수탑과 관련된 모든 시설물들이 원형 그대로 잘 보존되어 있다.

The water tower at Chupungnyeong Station was built to supply water to steam locomotives operating on the Gyeongbu Line connecting Seoul and Busan. Unlike other extant steam train water towers its floor plan is rectangular, but its overall three-level structure is similar, comprising base, machinery room, and water tank. All facilities related to the water tower have been well preserved in their original form, including the pump in the machinery room and the pond outside the tower, which was the main water source.

힘으로 기차가 움직이게 되는 것이다. 일제강점기 때 일제는 우리나라에서 약탈한 곡식과 광물들을 나르기 위해 철도를 놓았다. 추풍령 급수탑도 일제강점기인 1939년에 만들어졌으며, 경부선의 가장 높은 곳에 건설된 급수탑이 되었다.

급수탑 가까이에 가 보면 한국전쟁 당시의 총탄 자국이 아직도 남아 있다. 일제강점기를 지나 한국전쟁의 아픔까지 모두 확인할 수 있는 문화재인 것이다. 그래서 2003년 1월 28일 등록문화재 제47호로 지정이 되었다. 곁에서 보면, 기단부와 기계실이 있는 몸통부, 물탱크로 이루어져 있으며, 기계실 안에는 워싱턴펌프와 배관 시설 등이 원형 그대로 보존되어 있다.

나는 기차를 타면서 이 추풍령 급수탑을 많이 보았다. 전에는 급수탑이 슬프고 아픈 과거를 담고 있는 줄 몰랐다. 이제부터라도 이 급수탑에 신경을 써야겠다는 다짐을 해 본다.

추풍령 표지석과 장승

추풍령에서 김천으로 넘어가는 길목에는 작은 공원이 있다. 그 공원에 들어서면 추풍령 표지석(노래비)이 보인다. 여기엔 〈추풍령〉 노래 가사가 새겨져 있다. 이 비석은 88서울올림픽 성화 봉송 기념으로 1988년 9월 5일에 세워졌다고 한다.

그리고 주변을 둘러보면 장승들이 많이 있다. 장승은 한국의 마을 또는 절 입구, 길가에 세운 사람 머리 모양의 기둥이며, 경계표시, 이정표 또는 수호신으로서 우리 민족의 생활 속에 뿌리 깊게 자리해 온 민속신앙의 조형물이다. 오늘에 이르기까지 2천여 년의 역사를 지니며 변화하고 전승되어 온 것이다.*

추풍령의 작은 공원에 있는 장승들을 보니, 참 멋있기도 하고 장승에 대해 조금이나마 안 것 같아 기뻤다. 또한 이제부터라도 주변에 있는 것을 많이 관찰하고 찾아봐야겠다는 생각을 하였다.

---

* 두산백과(http://terms.naver.com/entry.nhn?docId=1138543&cid=40942&categoryId=32175), 『전남 – 답사여행의 길잡이 5』(한국문화유산답사회 엮음, 돌베개, 1995) 참조.

학이 날아와 깃들던 마을, 학동

이승정*

"학동이라 하면은 학 학(鶴) 자를 쓰는데, 학이 많이 살던 마을이야."

학과 인연이 있는 마을을 떠올려 보라고 하면, 추풍령면에서는 학동리를 떠올릴 수 있다. 충청북도 영동군 추풍령면 동북쪽에 위치한 학동리는 동쪽으로 죽전리, 서쪽으로는 관리, 남쪽으로는 면 소재지와 접하고 있으며, 북쪽으로는 지봉리와 접하고 있다.

2015년 1월 15일. 학동리에 대한 이야기가 궁금해졌다. 그래서 우리 마을에서 오래 살아오신 우리 할아버지(이태수, 74세)를 인터뷰

---

* **이승정.** 추풍령중학교 3학년. 이 글은 1학년 때 썼다. 글쓰기에 기술도 재능도 없던 나에게 '도담도담'이란 책쓰기 동아리는 조금 힘들었다. 하지만 어느 순간 조금씩 발전해 가는 나를 만날 수 있었다.

하였다.

"학동리는 이름이 바뀌고 그런 거 없었어. 학이 많이 살았던 동네라서 학동이라고 불린 거야. 저 앞에 큰 나무들이 많았는데 거기 학이 많이 와서 매년 살았어. 그러다가 6·25전쟁 일어나고 난 뒤부터 안 보였지. 도로랑 차가 생기고 그러니까 학들이 다 날아가고 없는 거야. 그리고 느티나무는 정말 오래됐지. 참 오래됐지. 한 오십, 아니다. 육십 년 정도 됐지."

인터뷰를 마치고 마을을 둘러보니, 겨울이라 얼어버린 냇가 옆에 육십 년이란 세월이 지나 지금까지도 그곳에 자리 잡고 있는 느티나무를 볼 수 있었다. 수많은 사람들의 손길과 정성을 거쳐 무럭무럭 자란 느티나무는 이제 지나가는 사람들과 주민들의 쉼터가 되어 줌으로써 은혜를 갚고 있는 걸지도 모른다.

이제는 그 주변에 있었을 다른 느티나무들과 그 속에 살고 있던 학들을 볼 수는 없지만, 그때 당시 그것들이 마을 사람들에게 자랑스럽고 많은 기쁨을 주었으리라는 생각이 든다.

이 글을 쓰면서 마을에 대한 많은 내용을 얻을 방법이 없어 힘들기도 했지만, 인터뷰 등을 통해서 몰랐던 정보까지 알게 되었다는 게 뿌듯했다. 나는 늘 우리 마을을 단점이 많은 동네로만 바라봤는데 이제는 장점도 많다는 걸 깨달았고, 이제는 그렇게 생각하지 말아야겠다고 느꼈다.

우리 가족 4대가 살아온 지봉리

최가현

나는 콧물 찔찔 흘리던 어린 시절부터 지봉리라는 작은 마을에서 자라 왔다. 내가 사는 지봉리는 남쪽으로는 눌의산, 북쪽으로는 학무산, 동무골산으로 둘러싸인 산간 지역이다. 지봉리에는 큰 못이 있으며 그 못에 비친 산의 모습이 마치 봉황과 같다 하여 지어진 이름이라고 한다. 처음 들었을 때는 "뭐? 지봉?"이라고 할 정도로 우스운 이름이라고 생각했지만, 나름 깊고 아름다운 뜻이 있어서 나도 놀랐다.

우리 가족은 증조할아버지 때부터 나까지 4대째 지봉리에서 살고 있다. 그래서 나는 내가 살고 있는 이 마을이 정 많고 따뜻한 마을이라고 말할 수 있다. 집집마다 돌아갈 혜택이 있거나 마을잔치가 열리는 날이면 어김없이 마을 방송을 해 준다. 경로당이 새로 세워질 정도로 마을 주민들의 연세가 높아졌기 때문에, 아침 일찍 방송을 해 주어야만 한다. 아침잠이 많은 나에게는 아침 일찍 하는 방송이 미웠지만, 가정 형편이 어렵거나 몸이 불편하신 할머니, 할아버지께는 방송으로 전해지는 혜택이나 따뜻한 말이 정말 그리울지도 모른다.

마을에서 잔치도 열면서 친하게 지내다 보니 모르는 사람이 없을 정도로 모두가 가족 같다. 만나서 인사를 드리면, "어, 허허허! 윗마을 문재 딸~"이라고 받아 주신다. 서로 이름은 모르지만 누구의 딸인지, 누구의 손녀인지, 어디 사는지 정도는 다 알고 계신다.

마을 입구에는 마을비가 있고, 마을회관 앞에는 마을자랑비가 떡하니 자리 잡고 있다. 그렇게 자랑하고 싶었나 보다.

또 마을 입구를 지나면 커다란 느티나무가 있다. 그 나무는 마을을 지켜 주는 수호신 역할을 한다. 오랜 세월이 흐르면서 부서지고 상처 입었지만, 언제 누구의 사랑을 받고 자랐는지 지금도 꽤 건강한 나무이다.

지봉리는 이렇게 따뜻한 마을이다. 먼 길을 찾아와서 사진도 찍고 가는 그런 마을이다. 앞으로 지봉리에 들러서 마을 사람들에게 반갑게 인사를 건네는 사람들이 많아졌으면 좋겠다. 한번쯤 찾아와서 따뜻한 정을 나누었으면 한다. 그리고 많은 사람들이 찾아오는 행복한 마을이 되었으면 좋겠다.

지봉리의 마을자랑비

정세린

지봉리. 예부터 가장 먼저 터를 잡은 지봉리의 첫 마을 봉동(鳳洞)의 봉(鳳)과, 그 봉동 앞에 자리하고 있던 큰 못의 한자 못 지(池)를 써서 일컬어진 마을 이름이다. 이곳은 봉동이라는 마을 하나로 시작되었으며, 점차 봉동·모산·동구정·살골·각금 다섯 개의 마을이 형성되었다. 현재는 다섯 개의 자연 부락이 지봉리로 합쳐졌다.

1914년에는 봉동이 없어졌으며, 1980년대엔 원삼국시대와 백제시대에 해당하는 자기, 녹슨 청동거울, 가위 등도 함께 발견되었다. 발견 당시 고려장 유적지, 사람이 누워 있던 부분 발 끝에서는 자기 수십 점, 사람의 왼쪽 편엔 녹슨 가위, 가슴 쪽엔 청동거울이 있었다고 한다. 발굴은 한남대학교 고고학팀이 담당하였으며, 마을의 정도웅 할아버지께서 현장을 지켜본 것으로 알려졌다. 발굴

당시 일부는 고려시대의 물건으로 판단하여 알려졌으나, 연구 과정 끝에 원삼국시대와 백제시대에 해당하는 것들로 결과가 내려졌다. 발굴은 대략 20일간 진행되었다.*

그 뒤 2010년 즈음 충북대학교의 연구팀이 찾아와 할아버지와 함께 고려장 발굴터를 살펴보았으며, 고려장 발굴 터와 허물어진 묘 안에 있던 석곽 잔해의 존재 여부도 확인하였다.

조선시대에는 한양으로 과거시험을 보러 가던 선비들이, 추풍령을 한자어로 풀어 쓰면 가을 추(秋), 바람 풍(風), 고개 령(嶺)의 뜻을 가지기 때문에 바람에 떨어지는 낙엽처럼 과거에서 떨어질 수 있다고 하여, 추풍령에서 황간으로 넘어가는 길을 꺼렸다고 한다. 그래서 지봉리를 돌아 지나서 반고개를 넘어 상주에서 한양으로 넘어갔다.

또한 지봉리에는 사람들이 모시던 성황당도 있고, 수호신으로 섬기던 '앉은미륵'과 반고개에 있는 '선미륵'에 소원을 빌고 지나갈 수 있었기 때문에, 지봉리를 거쳐 과거를 보러 가는 선비들이 많았다. 성황당에는 수백 년 된 소나무가 있었는데 1980년경에 벼락을 맞아 말라 죽었다. 예전 선비들은 성황당을 지나쳐 가면서 그 앞에

---

* 한남대학교 중앙박물관 측에 따르면, 영동군 지봉리 고분 조사 기간은 1983. 11. 23 ~ 1983. 12. 20이다. 한남대학교는 1986년부터 1991년까지 6년 동안 모두 20기의 토기 요지와 그에 부속된 유구들을 발굴하였으며, 원삼국시대와 백제시대에 해당하는 당시의 토기생산체제를 확인할 수 있는 중요한 자료로 평가받고 있다. (출처 : 한남대학교 중앙박물관)

성황당 터. 바위로 표시해 놓았다. 이 바위에 '성황당 터'라고 새길 예정이다. 사진의 왼쪽에 소나무가 있었다.

돌을 올리면서 장원급제하기를 소원하였다.

또 성황당과 백오십 미터 떨어진 곳엔 '앉은미륵상'이 있었다. 성황당과 마찬가지로 많은 사람들이 이곳에서 소원을 빌었다. 그 미륵상 앞엔 돌이 있는데, 그 돌을 돌리면서 불상에 질문을 하여 그 돌이 바닥에 붙으면 자기가 질문하였던 소원이 이루어진다는 얘기가 전해져 내려온다.

한 선비가 "미륵님, 미륵님. 제가 과거에 장원급제할 수 있습니까?" 하고 돌을 돌리면서 간절히 묻자 그 돌이 바닥에 붙어 소원이 이루어져 장원급제하였다는 말도 있다.

안타깝게도 성황당은 길을 내는 과정에서 없어져 지금은 흔적만 남겨져 있다. '앉은미륵'도 도굴되어 행방을 알 수 없다가 아주 오래전 영동군청 터에서 앉은미륵의 몸통 부분이 발견되었는데, 지금은 거의 모두 훼손된 채 세워져 있다고 하는 안타까운 사연이 전해진다. 나도 어릴 적에 할아버지 오토바이를 타고 성황당이 있었던 곳까지 드라이브하면서 동요를 부르고 "하늘 천, 땅 지" 하면서 천자문을 외우던 자그마한 추억이 떠오른다.

우리 마을의 유래에 대해 살펴보고 취재하면서, 칠십여 년을 이 마을에서 살아 오신 정도웅 할아버지께서 마을의 역사를 기록하는 일에 많은 애를 쓰셨다는 사실을 알게 되었다. 그래서 우리 마을의 '마을자랑비'에 대해 좀 더 많은 이야기를 듣고자 인터뷰를 하였다.

정도웅 할아버지께서는 비석에 쓰일 큰 바위를 구하기 위해 산

지봉리의 앉은미륵 터.

과 들로 다니며 몇 번이나 허탕 치는 일을 반복하다, 도덕골의 한 골짜기 개울을 건너던 중 큰 바위를 발견하셨다고 한다. 이후 마을 주민의 장비 지원을 받아 할아버지 손수 일 톤이 넘는 큰 바위를 옮겨 3단으로 제단을 만들고 수작업으로 마을 이름을 새겨, 1993년 11월 마을회관 앞에 이 비를 세우셨다는 생생한 경험담을 들려 주셨다.

이 글은 정도웅 할아버지의 이야기를 토대로 작성되었으며, 우리 마을의 역사와 그 삶의 모습을 주민을 통해 실질적으로 알아볼 수 있었던 좋은 기회였다고 생각한다. 평소에는 눈여겨보지 않고 지나치는 비석이었는데, 이 비석에 수많은 땀방울이 서려 있으며 지봉리 마을을 더 알릴 수 있는 첫 발판이 되었다는 사실을 자랑스럽게 생각할 수 있는 시간이었다.

정도웅 할아버지 인터뷰

정세린 할아버지, 우리 마을에 마을자랑비가 생기게 된 유래를 말씀해 주세요.
정도웅 할아버지 그래, 세린아. 아주 먼 옛날에는 모산 앞에 있는 봉동리 마을로 시작되었단다. 봉동, 모산, 살골, 동구정, 각금동, 다섯 개의 마을로 형성되어 있었는데, 제일 처음 생긴 봉동은 폐쇄되고 그 자리에서는 고인돌과 석곽으로 된 무덤과 자기 수십 점이 발견되었단다. 할아버지는 그 과정을 직접 보았고, 대전 한남대학교 고고학팀에서 유물들을 발굴하였단다. 봉동이 폐쇄된 1914년 다섯 개의 자연부락이 모두 합쳐져 지봉리로 명칭이 바뀌어 지금까지 사용되고 있단다.

옛날 조선시대에는 경성으로 과거시험을 보러 가는 선비들이, 추풍령은 한자로 가을 추, 바람 풍, 고개 령이라, 가을 바람에 떨어지는 낙엽에서 과거에 떨어지는 것을 연상하여, 추풍령에서 황간으로 넘어가야 하지만 그것을 꺼려 지봉리 앞을 둘러 지나 반고개를 넘어갔다고 한단다.

지봉리의 성황당과 수호신으로 섬기던 앉은미륵, 반고개에 있는 선미륵에 소원을 빌고 넘어가기도 했단다. 지봉리와 반고개 사이에는, 앉은미륵에서 이백 미터 위인 도덕골이라는, 할아버지도 무서워했던 아주 음침한 곳이 있었는데, 그곳은 흉흉한 소문도 자자해서 무사히 지나가게 해 달라고 앉은미륵에 소원 아닌 소원도 빌곤 했었단다.

하지만 성황당은 길을 내는 과정에서 훼손되어 없어져 버렸고, 지금은 바위를 세워 놓아 표식만 해 놓고 있는 상태야. 앉은미륵도 그만 도굴되고 만 안타까운 일이 있었단다.

이렇게나 많은 소중한 유물들이 없어져도 대부분이 모를 정도로 잊혀졌다는 사실이 안타까웠어. 그래서 그 일을 계기로 할아버지

정도웅 할아버지의 노력으로 세워진 지봉리 마을자랑비.

가 칠십여 년을 살면서 조금은 늦었지만 마을자랑비를 세워야겠다
는 생각이 들어, 1993년 11월에 비를 세우게 되었단다.

 일주일을 개울가며 산과 들로 다녔지만 매일 허탕만 치다가 도
덕골 한 골짜기 개울을 건너던 중에 넙적한 바위를 발견하고, 그 길
로 김천에 있는 정일채 사장의 장비를 지원받아 옮겨와 3단 제단을
올려 20일 간의 수작업으로 마을회관 앞에 비를 세우게 되었단다.
1톤이 넘는 바위가 우리 마을의 이정표와 자랑비 역할을 해줄 수
있게 된 소중한 순간이었지.

부를 이루는 명당, 후리

오수미

추풍령면에는 많은 마을이 속해 있는데, 그 중 하나인 후리를 둘러보았다.

후리에 들어서니 '후리 마을 유래비'가 눈에 들어온다. 마을회관 앞에 세워진 비석의 내용을 읽어 보니, 우리 마을의 역사에 대해 잘 설명하고 있어 옮겨 보았다.

후리(後理)마을은 본래 경상북도 금산군 황금소면에 속하였다가 1909년(고종 광무 10년)에 지방관제 개편에 따라 충청북도 황간군에 편입되었고, 1914년에는 총독부령에 의해 9개리로 행정구역이 개편되면서 영동군 황금면 관리에 속하였으며, 1985년 10월 1일 군조례 제940호로 관리가 관리(원관리: 역마)와 후리(뒷마)로 분리되었으며, 1991년 7월 1일 내무부의 지방자치법 제4조 3항에 의거 추풍령면 후

리로 개칭되면서 오늘에 이르고 있다. (…) 학무산 자락 불당골에 산제당이 있어 매년 정월 대보름에 마을 산신제를 지냈으며, 풍수지리상 부(富)를 이루는 명당이라 후리 마을로 이사를 오는 사람은 모두 부자가 된다는 전설이 내려오고 있다. (…)

나는 '역마'와 '뒷마'의 뜻과, 옛 산제당 위치에 지금은 무엇이 들어섰는지 궁금하여 마을 경로당에 가서 마을 어르신들을 인터뷰해 보았다.

'역마'는 한양과 부산을 잇는 길의 중간쯤에 있어 많은 사람들이 쉬어 가는 동네라는 의미로, '뒷마'는 관리의 뒤쪽에 있는 마을이라는 의미로 이름이 붙여졌다고 하였다.

또 후리에 절이 있었는데 절이 없어지고 무덤이 하나 있었다고 한다. 그런데 지금은 그 무덤에 비석이 없어 절터를 찾지 못한다고 한다.

한편 산제당의 위치를 여쭈어 보았는데, 어르신들의 말씀을 들으니 산제당의 옛 위치를 알 수 있었다. 그러나 지금은 사냥 시기라 위험해서 올라가 보지는 못했다. 대신 학무산 자락에 올라 사진 몇 장을 찍어 보았다. 학무산 소나무를 보니 마음이 상쾌해졌다.

학무산에서 내려와 예전에 부모님께서 농사를 짓던 포도밭에 가 보았다. 그 포도밭으로 가는 길은 예나 지금이나 변하지 않고 똑같았다. 포도밭 근처에는 동네 할머님의 오두막이 있었는데 옛날에

사촌동생들과 그 오두막에서 재밌게 놀기도 하고 심하게 싸우기도
했던 기억이 떠올라 감회가 새로웠다.

한성 천 리의 절반, 신안리

김예담

   12월 14일, 우리는 주말을 맞아 충북 영동 추풍령면에 위치한 상신안리로 여행을 떠났다. 상신안리는 반고개라고도 불린다. 상신안리, 반고개라는 이름이 붙여진 이유는 무엇일까?

   고려가 끝내 망하고 이성계의 조선이 세워지면서 서울을 개성에서 한성으로 옮기게 되었다. 이 반고개는 그때 생긴 이름이다. 부산에서 서울인 한성까지 천 리가 넘는데 이 반고개는 '한성 일천 리'의 꼭 절반이 된다고 하여 붙여졌다는 것이다. 그러나 반고개라는 이름이 생기기 훨씬 전 고려시대나 삼국시대에는 방현이라 불리기도 했었다.

   집을 나서서 길을 걷는 사람들의 마음은 참으로 묘한 것이어서 아무리 작은 의미라도 사연이 있는 곳에서는 쉬어서 그 사연을 풀어 보기 마련이다. 부산에서 한성 쪽으로 가는 손님들은 열이면 열, 모두 이 반고개에서 일단 걸음을 멈추었다.

"어허, 한성까지 꼭 절반을 왔구먼. 아무래도 술 한잔 들지 않을 수 없으리." 한 나그네가 이렇게 말하면, "이를 말인가. 속담에 시작이 반이란 말도 있는데 반고개에 왔으니 절반도 더 온 셈일세, 그려." 그리하여 나그네들은 그들끼리 주막에 들러 한잔 술에 인정이 담긴 이야기를 나누며 그날 하룻밤을 쉬어가게 되더란 이야기다.

반고개 서북방 약 90미터 지점에 입불상이 있어 부락의 수호신으로 모시고 있으며, 음력 1월 14일이면 부락 수호와 덕복을 기원하는 제사를 올리고 있다. (…) 고려시대에 조성된 것으로 추정되는 이 석불입상은 불상의 전체 높이는 2.27미터, 어깨 폭은 80센티미터이며, 영동군 향토 유적 제20호에 속한다.

— 추풍령면 주민센터 홈페이지

이를 종합해 보면, '반고개'라는 명칭은 부산에서 한성으로 가는 '한성 일천 리'의 꼭 절반이라는 뜻으로 지어진 이름이고, '신안리'라는 이름은 석불의 은덕으로 동리가 편안하다는 의미로 지어졌다는 것을 알 수 있다.

지금은 충북과 경북의 경계에서 다소 외진 느낌이 강한 우리 마을이, 예전에는 '반고개'로, 또 마을의 안녕과 과거시험을 보러 가던 선비들의 합격 기원 등을 빌었던 '석불입상'으로 잘 알려져 있었

다는 사실이 놀랍고 뿌듯했다.

신안리 석불입상은 목 부분이 잘렸다가 다시 붙인 흔적이 있고, 얼굴 부분에는 일부러 칠을 한 듯 하얀 물질이 묻어 있었다. 그리고 석불의 윤곽만이 모습을 드러낼 뿐, 파손된 부위가 많았다. 또 얼굴 형태는 시멘트로 보수한 듯 보였고, 두 귀는 원래 없었을지는 모르겠지만, 떨어진 듯 보였다. 그럼에도 불구하고 이마의 한가운데에는 백호공(白豪孔)이 자리 잡고 있었다. 석불입상의 옛 모습이 그

대로 남아 있는지는 알 수 없으나, 과거 보러 가던 선비들의 애틋한 마음은 그대로 전해지는 것 같아 가슴이 뭉클했다.

신안리 마을은 위치에 따라 남쪽은 상신안리, 북쪽은 하신안리로 나뉘었다. 이번 주말 우리가 찾은 상신안리 마을은 남쪽엔 지봉리, 북쪽엔 하신안리와 접하고 있다.

상신안리는 작은 시골 마을임에도 불구하고 노인요양원, 교회, 보건소 등 갖출 건 다 갖춘 마을이다. 상신안리는 벼농사보다는 주로 사과, 포도 등 특히 과수 농사 위주로 경작하는 마을이다. 상신안리에 살면서 제일 많이 본 건 역시 시골이라 그런지 과일밭이었다. 이런 시골 사람들의 노력 덕분에 우리가 맛있는 과일들을 먹을 수 있는 게 아닌가 싶다.

사람들이 잘 들르지 않는 작은 시골 마을이라서 그런지 식당은 좀처럼 보기 힘들었다. 그리고 식당처럼 보기 힘들었던 것은 아이들이었다. 요즘 시골의 가장 큰 문제점인 만큼 노인의 수가 많고 젊은 층의 사람이 적었다. 하루 빨리 해결되었으면 좋겠다.

이번 주말 상신안리 여행은 작은 시골 마을의 소중함을 느낄 수 있게 해준 여행이었다.

도자기 가마터가 있던 우리 마을, 작점리

이연수

내가 어렸을 적부터 살아온 이곳은 추풍령면 작점리이다. 작점리는 내남산 자락에 있고, 사방이 산으로 둘러싸여 있어 경관이 빼어나다.

작점리의 이름은 새가 많고 사기그릇을 파는 점포가 많아서 붙여졌다고 한다.* 그래서인지 약 300년 전 작점리는 전국에서 도자기로 유명하기로 소문난 곳이기도 했다.

그래서인지는 몰라도 우리 집에는 깨진 도자기 조각이 많이 있다. 원래 이 지역에는 도자기를 굽던 가마터도 많이 있었다고 한다.

---

* 새들이 많이 살고 있어서 새 작 자의 '작'(雀)과, 유기점포가 많아 '점'(店) 자를 따서 작점이라 마을 이름이 지어졌다고 한다.

우리 가족이 무좌골에 들어와서 밭을 갈 때, 도자기 터가 위쪽과 아래쪽에 네 군데나 있었다고 한다.

하지만 나는 가마터의 이야기를 듣고 궁금한 것이 생겼다. 옛날에 도자기를 많이 생산하고 팔았다는데, 왜 도자기를 굽던 가마터가 네 개밖에 없을까? 그 많던 가마터는 왜 없어졌을까? 혼자 끙끙 앓으며 고민하다가 부모님께 물어 보기도 했다.

여러 자료들을 종합해 보고 다음과 같은 가설을 세워 보았다. 조선시대 때 크고 작은 전쟁을 겪으면서 사회 경제적 어려움을 겪었고, 양반 등 주로 도자기를 사용하는 수요층이 엷어지면서 도자기 수요도 점점 줄어들었을 수 있다. 혹은 세월이 지나면서 전쟁으로 인해 땅이 황폐화되면서 도자기를 생산하기 위한 입지 조건이 맞지 않았을 수도 있다.

더욱 정확한 사실을 알기 위해서 부모님께 여쭈어 보았다. 부모님께서는 조선시대 큰 전쟁들과 일제 강점기를 거치면서 가마터가 많이 훼손되었다고 한다. 이를 통해 가마터가 사라진 이유에 대해서 어렴풋이 짐작을 해볼 수 있었다. 앞으로 자료를 보강해 더 자세히 알고 싶다는 생각이 들었다.

내가 살고 있는 마을과 집이지만 전혀 몰랐던, 혹은 궁금해 하지 않았던 마을 이야기와 집에 있던 가마터에 얽힌 이야기를 알게 되니 신기하였고, 마을을 더욱 좋아할 수 있을 것 같다.

우리 집 주변에서 쉽게 발견할 수 있는 깨진 도자기 조각들.

부모님 인터뷰

연수 　아빠, 그 옛날에 작점이 도자기로 유명했어?

아빠 　그래.

연수 　어떻게 유명했어?

아빠 　거, 어떻게 유명했다 카나? 여기가 도자기를 많이 굽고 했으니까 많이 유명한 거지.

연수 　조선시대 때?

아빠 　조선시대 임진왜란이 일어날 시기에.

연수 　임진왜란 때?

아빠 　응.

연수 　다 안 불 탔어?

엄마 　형태는 있었지.

아빠 　형태는 있지.

엄마 　우리 집 여기 밑쪽에도, 여 뒤에도 있었고, 우에도 있었지.

아빠 　그래서 우리 집에도 가마터가 네 군데가 있지.

연수 　네 군데가?

아빠 　응.

연수 　그럼 우리 집에도 도자기가 유명했겠네?

아빠 　우리 집에서 도자기가 유명한 게 아이고, 옛날에 이 동네에서. 여기가 도자기 공장같이.

엄마   이 터가, 여기 터가 다 도자기 굽던 데라 말이여.

연수   그럼 엄청 유명했겠네?

엄마   옛날엔 유명했겠지.

아빠   그래, 작점리 쪽으로 해서 엄청 유명했지. 그래서 작점에서 그 뭐야 백두대간 넘어가는데, 내남산 쪽으로 그쪽에 사기점골도 있고. 사기점골이라고 여기서 해가지고 상주, 김천 해가지고 팔고 다니고 했지.

연수   조선시대 때?

아빠   그래. 저수지 공사할 때 그 유물 발굴하는 사람들이 왔었거든. 그 사람들이 와서 보니까, 그게 한 삼사백 년 전에 나온 도자기 다 그카더라고.

엄마   물어봤거든, 아빠가.

아빠   옛날에 우리 이 밭 만들기 전에는 옛날 그 가마터에서 사람이 살았겠지. 근께 옛날 그 솥도 나오고 가마솥도 나오고, 그런 게 많이 나왔지.

엄마   호리병 같은 것도 나오고.

아빠   호리병도 나오고.

엄마   술병 같은 거 있잖아.

아빠   그런 게 많이 나왔지. 근께 꽤 됐지.

어리바리 김 선생의 시골 작은 학교 생존기

김기훈*

  마을 젊은 축들과 간단히 곡차(?) 한잔을 함께 할 일이 있었다. 그 자리에 중학교 선생이 둘(나와 사회 선생님)이나 있다고 배려를 해 줘서인지, 우리가 잘 알아듣지 못하는 농사 이야기는 잠시 접어 두고 마을 젊은 축들의 추억 속 추풍령중학교를 소환하여 이야기꽃을 피웠다. 오랜 역사를 자랑하는 학교이다 보니 무시무시한 학교 괴담(?)부터 요즘 학교에선 상상 못 할 특별한 교육활동(?)까지, 그

---

* **김기훈**. 추풍령중학교 국어 교사. 영일만의 파도 소리를 들으며 자란 포항 촌놈이 대구로 유학을 와 국어를 가르치게 되었다. 지금은 충북과 경북의 경계에 선 작은 학교에서, 바람 소리를 듣고 자란 순박한 아이들과 함께 바람에 흔들리며 배움의 길을 걷고 있다. 시골 생활은 단 하루도 해 보지 않은 아내도 추풍령으로 보쌈해 와 촌부로 만들고는, 추풍령의 가치를 함께 발견하고 있다.

땐 참 별난 일들이 많았고 그만큼 이야깃거리도 많았다.

먼저 구렁이 이야기부터 해 볼까. 운동장 한구석에 서 있는 아카시아 나무에 구렁이가 살고 있었다. 덩치 큰 구렁이는 신성하다고 아무도 잡을 생각을 안 했는데, 누가 그 구렁이를 덜컥 잡아간 뒤에 일이 터졌다. 그 아카시아 나무 주변에서 친구가 크게 다친 것이다. 그 일 이후로 구렁이를 함부로 대하거나 잡지 않는단다.

새벽에 수돗가 주변에서도 소스라치게 놀랄 만한 일이 있었다고 했다. 예전에는 산책 삼아 학교 수돗가에 와서 물을 뜨는 사람들이 종종 있었나 보다. 어느 날 새벽, 물 뜨러 나온 주민에게 한 할아버지가 말을 걸었다. 처음 보는 할아버지라 조금 이상하기는 했지만, 날씨나 물맛 등 이런저런 이야기를 한참이나 나눴단다. 그러다 할아버지가 인사를 하고 돌아서는데 그 뒷모습이 이상해 눈을 비비고 다시 봤더니 할아버지 다리가 없더란다. 얼마나 놀랐을까. 그 괴담(?) 이후, 어린 중학생들은 한동안 수돗가 쪽으로 갈 때마다 오금이 다 저렸으리라.

한편 지금은 농구장이 된 대숲에 얽힌 추억도 있었다. 그곳엔 사슴 우리가 있었다고 한다. 중학교에 웬 사슴 우리? 그 이유를 당시 중학생들은 기억을 못 했다. 대신 그 사슴들을 먹여 살렸던 것은 분명하게 기억하고 있었다. 당시 방학 숙제가 아카시아 꽃잎 세 포대씩 잘 말려서 오는 것이었다고 한다. 이게 참 힘든 일이었는데, 사슴을 먹여 살리기 위해서는 꼭 해야 하는 숙제였단다.

지금 생태실습장에 얽힌 이야기도 나왔다. 그 자리에는 원래 논이 있었다고 한다. 매년 봄이면 모내기를 하러 가서 손으로 모를 다 심었다는데, 땡볕에 손모 내는 것이 쉬운 일이 아니었단다.

그리고 지금 우리 학교 천연 잔디 운동장에도 얽힌 이야기가 많았다. 어느 날은 '잔디'를 한 바닥씩 가져오라는 숙제가 있었단다. 아마 기존 운동장을 잔디 운동장으로 체질개선(?)하려고 나온 숙제인 모양인데, 잔디를 어디에서 구해야 하나 어린 마음이 급해졌다. 결국 할아버지 산소에 가서 잔디 한 바닥씩을 삽으로 퍼 날랐단다. 그 잔디들이 모이고 모여서 지금의 아름다운 운동장이 되었다. 체육 시간이면 대못 하나씩을 들고 잔디 운동장에 앉아 잡초를 뽑았다는 이야기는 덤으로.

꽤 많은 증언(?)들이 쏟아졌지만, 신기하게도 그들의 목소리에선 원망 같은 것이 묻어나지 않았다. 오히려 이야기들이 팔딱팔딱 살아 있는 듯, 춤추는 듯 느껴졌다. 이는 그 젊은 축들의 아이들이 추풍령중학교에 입학하여 부모의 후배가 되는 작은 시골 마을의 특색 때문인지도 모르겠다. 내가 졸업을 하면 인연이 끝나는 학교가 아니라, 자신의 아이도, 그 아이의 아이도 다니거나 다닐 학교, 그러니 이야기 속에서 더한 생동감이 느껴지지 않았을까.

그럼 지금 추풍령중학교는 어떤 모습을 하고 있을까

이제 추풍령중학교의 현재 모습을 만나 볼까. 그전에 잠시 추풍령부터 만나 보자. 주변 사람들에게 추풍령 이야기를 하면 강원도 어딘가에 있는 높은 고개부터 떠올리던데, 여긴 강원도와는 아무런 인연이 없다. 경북 김천을 지나 서울 방향으로 가다 보면 금세 추풍령에 닿는다. 추풍령은 충북의 최남단, 경북과의 경계에 위치한 마을이며, 영동군에 속해 있으면서도 경북 김천과 상주에 더 가까워서 경북 사투리를 더 자주 들을 수 있는 묘한 곳이기도 하다.

2008년 우리나라 최초로 세계기상기구(WMO) 관측소 설치 환경 권장기준에 맞춘 표준기상관측소인 추풍령기상대가 있고, 바람이 거세어서 그런지 공기는 다른 지역에 비해 청량하다. 추풍령기상대의 비공식 발표(?)에 따르면 전국에서 공기가 가장 좋은 지역이란다. 일교차가 심해 포도와 사과, 복숭아 등 과일이 달고 맛있다. 특별히 이름난 것이 없는 마을인데, 유심히 들여다보면 급수탑, 석불입상, 포도밭길, 유난히 많은 별 등 이야기 소재들이 풍성해 특별한 매력을 느낄 수 있다. 그리고 이런 마을을 내려다볼 수 있는 산중턱에는, 70여 년의 역사를 자랑하는 추풍령중학교가 있다.

추풍령중학교는 마을 지척 숲 속에 위치하고 있다. 그래서 수줍음이 많은 새악시처럼 얼굴 보기가 쉽지 않다. 학교 정문을 지나 한참을 걸어 올라가야만 비로소 넓고 푸른 운동장과 자그마한 학교의 모습을 만날 수 있다.

학교로 올라가는 길의 오른쪽으로는 6백여 평이나 되는 큰 텃밭이 있다. 이곳에서 우리 학교 학생들은 텃밭 농사를 지으며 자연의 순환과 생명의 신비함을 직접 배운다. 사실 전문가가 아닌 학생과 교사에게 텃밭 6백여 평이 주는 압박감은 상당하다. 그래도 직접 심은 씨앗과 모종이 자라 그 열매를 수확할 때의 기분은 말로 표현하기 어려울 정도로 황홀하다.

길의 왼쪽으로는 학생들과 주민들이 이용하는 골프연습장과 추풍령교육문화관(체육관)이 자리하고 있다. 낮에는 전교생들이 골프 수업을 받고, 저녁에는 주민들이 골프를 치러 나온다. 저녁이 되면 추풍령배드민턴클럽 회원들이 체육관을 가득 채우고 열심히 땀 흘리며 연습하는 광경을 볼 수 있다.

한편 학교로 올라가는 여러 방법이 있는데, 난 대나무숲길을 지나 학교로 가는 길이 가장 마음에 든다. 특히 여름이면 대나무 잎을 스치는 바람이 주는 시원함이 좋아 자주 그 길을 걷는다. 그리고 따스한 봄날이면 종종 골프연습장과 추풍령교육문화관 사이의 길을 따라 학교 뒤편으로 오른다. 이 길에는 오래된 벚나무가 몇 그루 서 있어서 꽃비를 맞으며 산책하는 호강을 누릴 수도 있다. 어디로든 학교를 한 바퀴 돌 수가 있어 짧은 산책 코스로 적당하다.

주차장에서 학교 건물로 가는 길에는 나무 테이블이 몇 개 있는데, 볕 좋은 날이면 학생들이 모여 앉아 휴식을 즐기는 모습이 너무

예쁘다. 가을엔 이 길에 울긋불긋 단풍이 들어서 눈이 호강한다. 교사 앞 작은 화단에는 민들레, 꽃무릇, 금잔화, 동백꽃 등 여러 꽃들이 계절마다 피어 작은 생태 학습장의 역할을 충분히 해낸다.

눈을 돌려 운동장 쪽을 바라보면, 푸른 천연 잔디 운동장이 넓게 펼쳐져 있고 돌로 쌓아올린 스탠드가 그 운동장을 포근하게 감싸고 있다. 스탠드 위에는 등나무가 빽빽하게 그늘을 만들고 있고, 지금(4월 말 ~ 5월 초)은 한창 등나무 꽃이 피어 교정을 달콤한 향기로 가득 채운다. 겨울에는 등나무와 운동장에 하얗게 눈이 내려 고요한 설국이 펼쳐진다.

이 운동장 스탠드에도 사연이 있다. 개교 초기의 학생들은 학교

형태를 갖추기 위해 애를 많이 썼다고 했다. 벽돌과 흙을 직접 쌓아 올려 교사를 세웠고, 산허리를 파내어 운동장을 만들었다. 일제시대에는 학교를 다닐 수 없었던 사람들이 해방 이후에 중학교 입학을 했으니 학생들의 나이도 많았던 모양이다. 늦게라도 배움에 나섰던 사람들은 힘을 모아 공부를 할 수 있는 환경을 조성했다.

교사와 운동장을 마련하고 보니 그 높이 차이가 상당했다고 한다. 그래서 그 사이에 돌로 스탠드를 만들기로 하고 본격적으로 공사에 돌입했다. 마침 학교 뒷산에는 화강암 등 스탠드를 만들 재료가 많았다. 좋은 돌은 팔아서 학교 재정에 보태고, 팔 수 없을 정도로 험한 돌들을 따로 골라서 스탠드를 만들었다. 중요한 일들은 인부를 불러다가 했지만, 여전히 학생들은 틈틈이 시간을 내어 돌을 나르고 쌓는 일에 힘을 보탰다고 했다. 어디에도 학생들의 손길이 닿지 않은 곳이 없다. 이렇게 지난 70년간 추풍령 곳곳에는 졸업생들의 추억들이 켜켜이 내려앉아 있다.

한편 계절을 불문하고 저녁 5시 반에서 7시 경에는 추풍령 마을 서쪽 하늘로 해가 넘어가는 모습을 볼 수 있는데, 붉게 물들어 가던 하늘이 이내 짙은 어둠에 휩싸이고 그 자리에 별들이 자리를 채워가는 모습을 보면 저절로 탄성이 나온다. 저녁 7시면 암흑이 되어버리는 마을이라 유난히 하늘에 별이 많다. 산 속의 추풍령중학교는 마을보다 더 암흑이다. 그래서 더욱 많은 별들이 더욱 맹렬하게 반짝인다.

자, 여기서 잠깐! 눈을 감고 마음속으로 추풍령중학교를 다시 거닐어 보자. 정문을 지나 학교로 올라가다 보면 텃밭, 대나무숲길, 탁 트인 천연 잔디 운동장을 차례로 만난다. 보라색의 등나무 꽃이 피어 달콤한 향이 가득한 스탠드를 지나면 어느덧 아담한 학교 건물에 도착한다. 자, 어떤 느낌이 떠오르는가. 여기에는 도시 학교처럼 세련된 외관의 건물과 부대시설들이 없다. 학교를 감싼 도로 위의 차들이 내는 요란스러운 소음도 없다. 대신 어딜 봐도 눈과 마음이 편안한 푸른 숲과 잔디가 있다. 봄이 되면 알록달록 아름답게 피는 꽃이 있다. 가만히 벤치에 앉아 있으면, 온갖 산새들이 제 노랫소리를 뽐내고 바람이 나뭇가지 끝을 스치는 소리가 시원하다. 순박한 아이들의 웃음소리가 있다. 이것이 바로 도시 대규모 학교들과는 다른, 시골 작은 학교인 추풍령중학교의 가장 큰 매력이다. 평화로움과 여유가 만들어낸 아름다움, 그래서 추풍령중학교에 '모두가 행복한 숲속 배움터'라는 애칭이 잘 어울린다.

추풍령중학교와 맺은 인연

2014년 봄 처음으로 추풍령에 왔다. 새 학기 준비를 한다고 개학 전날 저녁 늦게까지 학교에 남았다. 일이 끝난 뒤 학교 현관문을 잠그고 돌아서는 순간, 칠흑 같은 어둠이 덮쳐왔다. 아직 저녁시간임에도 불구하고 모든 빛과 소리들은 먼저 집으로 돌아가버린 듯했다. 아, 앞으로 이 학교에서 근무하는 동안 늘 마주해야 할 어둠이구나. 내 삶의 오랜 터전이었던 대구는 늦은 시간까지 소란스럽고 빛 공해로 몸살을 앓는 곳이었지만, 추풍령의 저녁은 암흑이었고 고요했다.

눈이 어둠에 익숙해진 후, 온전히 새로운 세계를 만날 수 있었다. 수많은 별들, 하늘을 완전히 채워버린 빛의 향연. 늘 눈앞의 일만 신경 쓰며 잔뜩 웅크려 왔는데, 오랜만에 허리를 쭉 펴고 하늘을 한참이나 바라보았다. 이것이 추풍령중학교와의 첫 만남이었다.

추풍령중학교 아이들을 만났다. 추풍령의 거센 바람 소리를 듣고 자란 녀석들이라 거칠 법도 한데, 새로 온 선생님에게 순수하면서도 친근한 눈빛을 보내며, 쉬는 시간에도, 점심시간에도, 야간 자습 시간에도 선생님의 팔을 잡아끌었다. 학교 현관 앞 계단에 앉아 살 껍질에 내려앉는 따뜻함을 느끼면서 쓸데없는(?) 이야기를 나누기도 했고, 함께 학교 주변을 거닐며 벚꽃 그늘이 만들어낸 봄의 이야기에 귀를 기울이기도 했다. 해가 뉘엿뉘엿 넘어가는 저녁에는 함께 추풍령 마을길을 걸었다. (물론 저녁 산책은 그리 오래가지는 못했다.) 여기는 누구네 집이고요, 여기는 뭐 하는 곳이고요, 여기는 어디로 통하는 길이에요. (환영해요. 선생님과 이렇게 추풍령을 걷는 것은 우리도 낯선 일이에요.) 동행한 녀석들은 추풍령 가이드가 되어 마을길을 소개했다.

아, 이곳은 하루 종일 한 마을에서 함께 보고, 듣고, 느끼고, 호흡하는 학교구나. 대구에서는 단 한 번도 경험해 보지 못했던 일이었다. 도시 아이들은 아침에 눈곱 떼기가 무섭게 학교에 와서는 쉬는 시간에도 책에 코를 처박고 단어를 외우다가, 저녁이 되면 못생긴 콘크리트 상자 속 지식주입공장에 빨려 들어가 해가 꼴깍 넘어가기 직전까지 이리저리 굴려진다. 추풍령 아이들처럼 "선생님, 가요 ~"라고 선생님의 팔을 잡아챌 마음의 여유를 가진 애들이 얼마나 있을까. 추풍령을 걸으면서 생각했다. 이 녀석들, 자기들이 정말 복받았다는 사실을 알고 있을까?

내가 처음 추풍령에 왔을 때 함께 입학(?)했던 학생들이 벌써 졸업학년이 되었다. 지난 3년 동안 아이들이 성장하는 모습을 보며, 왠지 모를 감동을 느꼈다. 입학할 때만 해도 그냥 애(?) 같았던 녀석들이, 2년 만에 꽤나 의젓해졌다. 얼마 전에는 3학년들이 옹기종기 모여 앉아 공부를 하는 모습이 너무 예뻐 보여서 2년 전 올챙이 때의 모습들을 얘기해 줬더니, "에이, 저희가 그랬어요?"라며 활짝 웃는다. 그 모습까지도 사랑스럽다.

세상 일에도 관심이 많다. 이 녀석들과 '세월호' 추모시를 함께 읽다가 나도 모르게 흘러내린 눈물에 울보라고 놀림거리(?)가 되기도 했다. 나 혼자 놀림거리가 되기는 했지만, 눈물을 훔치던 몇몇 녀석들이 있었던 건 안 비밀!

아이들은 쉽게 변하지 않는다. 그러나 아이들은 아이들끼리 영향을 주고받으면서 혹은 환경에 영향을 받으면서 서서히 물들어 간다. "어떤 사람들과 어떤 환경이 물들어가게 할 것인가" 하는 것이 문제인데, 추풍령중학교에서 만난 아이들을 모습을 보니 브레이크 없는 경쟁사회에 아이들을 일찍 노출시키는 것보다 더 중요한 것이 있음을 알 수 있었다. 아이들은 추풍령중학교에서 경쟁과 줄 세우기보다 배움과 협력, 건강한 관계 형성을 중시하는 분위기, 사계절의 변화를 모두 체감할 수 있는 자연환경에 천천히 물들고 있었다. 이에 따라 아이들은 도시 아이들에 비해 여유로운 마음으로 건강하게 성장하고 있었다. 한편 오랫동안 아이들과 함께해 왔고 함께할 훌륭한 선생님들(동네 주민이기도 하다), 자신도 추풍령중학교의 졸업생이라 기꺼이 물심양면으로 도움을 주고 있는 주민들은 아이들이 건강하게 성장할 수 있도록 지지해 준다.

학력은 일찍부터 학원물(?)을 먹은 아이들보다 조금 떨어질 수는 있지만——물론 배움과 성장 중심의 수업과 맞춤형 방과후학교로 이 부분을 보완하고 있다——성장가능성과 인성만큼은 도시 아이들보다 훨씬 낫다고 확신한다. 역설적으로, 가까운 미래에는 성장가능성과 인성이라는 좋은 흙에 배움의 씨앗을 뿌리고 유기농으로 농사짓는 것이, 학원과 경쟁이라는 농약을 쳐서 아이들의 정신이 황폐해지는 것보다 훨씬 경쟁력이 있을 것이라고 확신한다.

시골 작은 학교의 변화, 그리고 '도담도담'의 길

하지만 이런 장점에도 불구하고 농촌 인구의 감소로 추풍령중학교 학생 수도 역시 감소하고 있다. 2015년에는 전교생이 50명 미만이 되었고, 2017년에는 전교생이 40명 미만이 될 가능성이 농후하다. 엎친 데 덮친 격으로 2018년에는 인근에 위치한 황간면에 기숙형 중학교가 세워질 예정이라 영동군에 위치한 소규모 학교들은 학생 확보가 더욱 어려워질 것으로 예상되고 있다. 이러한 안과 밖의 환경을 고려할 때, 추풍령중학교는 그냥 고인 물이 될 수는 없는 상황에 처해 있다.

이런 상황을 극복하기 위해 지난 몇 년 동안 추풍령중학교는 뼈를 깎는 노력을 해 오고 있다. 특히 교육과정의 특성화와 배움과 성장 중심의 학교 문화 조성을 위해 많은 노력을 기울이고 있다. 새로운 학교 교육과정은 시골 작은 학교만의 강점을 반영할 수 있도록 디자인되고 있다. 지난 수년간 학생들의 지적 능력(지성)과 정의적 능력(인성, 감성)을 고루 성장시키기 위해 해 온 노력들이 아주 매력적인 학교 교육과정으로 재탄생되리라 믿는다.

한편 배움과 성장 중심의 수업으로 변화하는 모습은 지켜보는 것만으로도 짜릿하다. 각 교과의 특성을 살려 '함께', '즐겁게' 배울 수 있도록 수업 방법을 바꾸기도 하고(프로젝트, 협력, 하브루타 등), 아예 교과간 벽을 허물어 버리기도 했다(영어-수학, 체육-수학, 기술가

정-수학 등). 2016년 2학기에는 아예 학교 전체가 '추풍령, 과거시험 길을 따라 걷다!'라는 프로젝트를 주제로 하여 배움을 실천할 것이다. 수업을 혁신하는 일은, 모든 길이 처음 가는 길이라 두렵기도 하지만 설레는 일이기도 했다.

어쨌든 이런 노력들을 알아주는 건지, 2015년에는 전국에서 방과후학교를 제일 잘 한다고 인정을 받아 '2015 대한민국 방과후학교 대상'에서 중학교 부문 최우수상을 받았다. 2016년에는 행복씨앗학교(충북형 혁신학교)를 준비하는 '행복씨앗학교 준비교'로 선정되어 혁신을 위한 구체적인 발걸음을 내딛고 있다. 이런 학교의 변화가 학교뿐만 아니라 지역사회에도 활력을 줄 수 있기를 기대해 본다.

'도담도담'은 올해에는 동화책을 만들어 보려고 한다. 지난 2년 동안 마을의 역사와 자신의 역사를 글로 썼는데, 이번에는 마을 이야기를 담은 동화를 써 보려고 한다. 동생들의 눈높이에 맞게 추풍령 이야기를 동화로 쓰는 것은, 아마 도담도담에게 크나큰 도전이 될 것이다. 매년 새로운 주제로 글을 쓰고 그것을 묶어 내는 일은 도담도담의 가장 큰 목표다. 도담도담이 세상에 내놓은 작은 책들이 추풍령중학교의 명물이나 전통이 되었으면 좋겠다는 생각도 해본다. 앞으로도 계속 추풍령 마을, 추풍령중학교에 관한 이야기들을 책으로 옮길 계획인데, 아이들의 꿈에 관한 이야기를 더욱 담아내고 싶다.『여드름 필 무렵』에도 아이들의 고민거리를 많이 담아

내려고 했지만 여전히 부족하다. 우리 아이들이 글을 쓰면서 강해지고 성장했으면 한다. 그래서 아이들의 삶이 더 글로 표현되길 바란다.

규모의 경제, 효율성의 논리로는 이해할 수 없는 세계가 여기, 추풍령에 있다. 지금껏 우리 마을과 학교는 세상사를 이겨내지 못하고 많이 왜소해졌지만 역설적으로 더 좋은 삶과 교육이 가능해졌다. 이는 아직 추풍령에 시원한 바람, 산새 소리, 푸른 숲, 쏟아질 듯한 별빛, 마을과 학교의 이야기 등 잊히기에는 너무 아름다운 것들이 남아 있기 때문이다. 부디 이런 소중한 것들이 우리 주변에서 팔딱팔딱 생명력을 지닌 채 오랫동안 살아남길 바라며.

대구는 도심 곳곳에서 발견할 수 있는 낡은 골목과 건축물들을 철거하는 대신에 보존하며, 그곳에 남아 있던 이야기를 되살렸습니다. 그렇게 다시 생명력을 얻은 골목들은, 지금 많은 사람들이 찾는 명소로 거듭나고 있습니다.

우리 마을에는 '이야기'가 없을까. 그 질문을 시작으로 도담도담은 추풍령 이야기를 쓰기 시작하였습니다. 그리고 2015년 두 차례 대구 탐방을 한 후 우리 마을과 나의 이야기를 써내려갔습니다.

여기에는 대구에서 만난 '이야기'들을 담아냈습니다. 비록 우리들의 글은 촌스럽지만, 대구와 추풍령을 엮어보려고 애를 썼습니다.

3장

이야기가 있는 도시,

대구를 찾아가다

대구근대골목을 걷다

김예담

2015년 5월 9일 토요일 두 시가 되기까지 조금 남았을 무렵, 우리는 추풍령에서 기차를 타고 대구로 향했다. 약 한 시간 동안 기차를 타고 도착한 대구의 태양은 '5월의 따스한 봄'이란 말을 생각지도 못할 만큼 우리를 뜨겁게 반겨 주었다.

그 뜨거운 햇빛을 뚫고 우리가 가장 먼저 찾은 곳은 대구근대골목이었다. 대구근대골목은 한국관광 100선에 들 만큼 보고 듣고 힘들게 걸을 가치가 있는 거리였다. 우리는 그 대구근대골목투어 중에서 2코스를 함께 걸었다. 우리는 기차 시간 지연 등 여러 가지 이유로 인해 2코스를 거꾸로 걷게 되었다.

제일 처음 본 것은 화교협회였다. 화교란 말은 중국 본토를 떠나 세계 곳곳에 정착한 중국인들 또는 그들의 후손을 뜻한다고 한다.

즉 화교협회는 우리나라에 정착한 중국인들의 아이들을 가르치는 소학교인 것이다. 그곳에서 해설사 선생님이 제일 강조하신 것은 '빨간 벽돌집'이었다. 해설사 선생님께선 '빨간 벽돌집'은 화교들의 집이었으며 거의 백 년이 된 건물들이라고 말해 주셨다. 백 년이 흘렀는데도 그렇게 웅장한 자태를 뽐내는 건물들을 보니 뭔가 작아지는 기분이 들었다.

화교협회를 지나 우리가 향한 곳은 바로 약령시한의약박물관이었다. '약령시'는 말 그대로, 조선시대 효종이 약을 백성들에게 보급하는 기회를 늘림으로써 백성 수를 늘리기 위해 명령하여 생긴 한약, 한방재료 등을 판매하는 시장이다. 나는 그 말을 듣고 과연 효종이 백성을 위해 이곳에 약령시를 만든 것일까, 아니면 말 그대로 단지 백성 수를 늘리기 위해서였을까 하는 의문이 들었다. 이곳에서 우리는 다소 딱딱하게 느꼈던 한의약에 보다 더 친근하게 접근할 수 있었다.

약령시한의약박물관을 뒤로 한 채 걷다 만난 것은 바로 뽕나무골목이었다. 해설사 선생님은 뽕나무가 잘 보이고 담장에 예쁜 벽화가 그려져 있는 그 거리가 뽕나무골목이라고 말씀해 주셨다. 거기서 우리는 '일석이조'를 뜻하는 표현을 한 가지 더 알게 되었다. 흔히 말하는 "도랑 치고 가재 잡고"나 "꿩 먹고 알 먹고" 또는 "누이 좋고 매부 좋고" 등 많은 예를 알고 있었는데, 거기다 덧붙여 "임(님)도 보고 뽕도 따고"라는 말도 알게 되었고 그 말의 유래까지 알게 되었다. 그냥 뽕나무가 보이는 평범한 골목에서 이런 이야기까지 들으니, 정말 유익한 걸음이었다.

우리가 또 걷고 걸어 도착한 곳은 계산성당이었다. 계산성당은 서울 명동성당, 전주 전동성당과 함께 우리나라 3대 성당이라고 한다. 전주 전동성당은 2학년 문학기행 때 다녀온 곳이라서 아는 이름이 나오니 왠지 모를 쾌감이 느껴졌다. 이래서 "아는 게 힘이다"라는 말이 생겼나 보다. 특히 양쪽이 두 개의 탑으로 된 성당은 흔치 않아서 더욱 특별하다고 한다. 그리고 가까이 다가가 보면 이곳저곳에서 세월의 흔적을 느낄 수 있었다.

그리고 횡단보도를 건너서 도착한 곳은 우리 민족의 가장 역사적인 운동인 3·1운동을 진행했던 3·1만세운동길이었다. 3·1만세운동길에는 90여 개의 돌계단이 있다고 하는데, 그 계단까지 걸으면 더 이상 걷지 못할 것 같아서 계단을 오르기까지는 하지 않았다.

그리고 이어서 가다 보면 사과나무가 한 그루 있는데, 그 사과나무는 미국에서 우리나라로 처음 들여온 사과나무 중에 살아남은 사과나무의 아들 나무라고 한다. 그래서 대구에서 사과가 유명하다는 것을 알게 되었다. 역시 그 사과나무는 처음 봤을 때부터 나에게 강렬한 인상을 남기고 있었다. 그리고 나 역시 그 사과나무를 놓치지 않았다.

조금만 더 걸으면 대구근대골목투어 2코스의 마지막 목적지인 동산선교사주택이 있는데, 우리는 그 중에서 선교사 블레어 주택

앞을 갔다. 토요일은 12시까지만 내부 관람이 가능해서 내부까지 관람하지는 못했다. 내가 서양 건축 양식을 그렇게 잘 아는 것은 아니지만 역사책을 통해 어깨너머로 서양 건축물에 대해 조금 알고 있었다. 그런 나의 시점으로 건물 외관을 보니 서양 건축 양식의 느낌을 느낄 수 있었다. 이로써 계획했던 대구근대골목투어를 마치고 다음 일정은 알라딘 중고서점과 교보문고를 가는 서점 탐방이었으나, 출발 전 빠듯한 시간 때문에 점심 식사를 제대로 하지 못한 이들이 많아서 저녁 식사를 먼저 하기로 했다.

저녁 식사를 하고 나서 우리는 원래 계획했던 교보문고로 향했다. 그 서점에서는 세 가지의 수행 과제가 있었다. 그것은 자신이 관심 있는 서적의 표지를 촬영하는 것과 다른 학생들이 쓴 책들을 찾아보는 것이었다. 그리고 남은 하나는 서점에서 흔히 볼 수 있는 앉아서 책 읽는 모습을 촬영하는 것이었다. 출발 전 그러한 세 가지의 수행 과제를 들었을 때에는 정말 힘들겠다는 생각이 들었지만 막상 해 보니 학생들이 쓴 책들을 찾는 것을 제외하고는 수월했다. 학생들이 쓴 책들을 보는 것도 우리와 비슷한 상황인 것 같아 괜찮은 것 같긴 했지만, 그런 책들을 찾는 데 꽤나 시간이 걸렸기 때문이다.

우리는 교보문고를 떠나 알라딘 중고서점으로 향했다. 알라딘 중고서점으로 들어가는 문은 정말 비좁아서 건물 내부는 기대하지 않았는데 막상 들어가 보니 교보문고와는 다른 느낌과 함께 고요

하고 아늑한 느낌을 풍기는 지하 서점이었다. 또 교보문고처럼 너무 넓지도 않아서 찾고 싶은 책을 찾기가 수월하여 좋았다.

우리는 추풍령으로 돌아오는 기차 시간을 맞추기 위해 알라딘 중고서점에서의 시간을 단축하고 기차역으로 향했다. 기차에 올라타 자리를 찾아 앉으니 정말 살 것 같았다. 하루 종일 걷기만 했던 터라, 편히 앉으니 다른 세상에 온 것만 같았다. 그렇게 기차 좌석에 앉아 하루 동안 걸었던 대구 골목에 대해 생각했다. 걷는 동안 힘들다고 불평을 했지만, 처음 아는 것들로 가슴이 채워진 것 같아 기분이 좋았다. 그리고 또 약 한 시간을 달려 도착한 추풍령의 쌀쌀한 바람을 맞으니 다시 돌아온 것을 실감할 수 있었다.

두 시간 동안 해설사 선생님을 따라 걷기만 했고 서점에서도 계속 걷기만 했던 터라 힘들기도 하고 고달프기도 했다. 그리고 대구에 관광지가 있다는 것은 들어본 적이 없었는데, 대구에도 관광할 곳이 정말 많다는 것을 알 수 있었다. 그로 인해 대구가 넓기만 한 곳이 아니라는 것도 느낄 수 있었다. 흔하디흔한 건물이 아닌 서양식 건물이나 화교 건물들처럼 독특한 건축 양식을 볼 수 있어서 건축물에 대해서도 더 가까이 다가갈 수 있었고, 약령시의 유래, 옛날 선조들의 일화 등 많은 것을 알게 되었다. 많은 것을 보고 듣고 느낄 수 있어서 이번 대구 탐사가 더 의미있었다.

대구와 신안리 마을회관의 연결고리

김예담

9월 12일, 구름이 많았던 토요일, 우리 책쓰기 동아리는 대구로 향한다. 아침에 일어나 차를 타고 나가는데, 이제는 흔하고 볼 것 없는 마을회관이 그날따라 유난히 눈에 거슬렸다. 그렇게 기차역에 도착해 국어 선생님의 설명을 듣고 우리는 기차에 몸을 싣고 추풍령을 떠났다.

처음 도착한 곳은 '더 폴락'이라는 서점이었다. 그 서점은 큰 서점들과 다르게 규모가 매우 작고 시중에 팔지 않는 책들도 파는 독립적이고 소소한 서점이었다. 대형서점과는 달리 다양한, 특별한 책들이 많았다. 누구나 작가가 될 수 있고, 그 책을 팔 수 있다는 것이 신기했다. 우리 책도 여기서 판매할 수가 있다고 하니, 좋은 책이 나오면 다시 찾아와야겠다.

서점을 나가자 하늘에서 빗방울이 떨어지기 시작했다. 비를 피해 걸음을 재촉해 도착한 곳은 북성로 '믹스카페'라는 곳이었다. 북성로 믹스카페는 아주 오래된 역사를 자랑하는 카페였다. 건물은 일제 강점기 때 건물이었고, 최대한 옛 건물의 훼손을 막으셨다고 한다. 주인 아저씨께서는 우리에게 "일제 강점기가 우리에게 아픈 기억이기도 하지만, 우리의 역사이므로 그 흔적들을 우리가 보존해야 할 필요가 있다"라고 말씀하셨다. 그 눈빛과 확신에 찬 목소리에서 강한 끌림을 느꼈다. 무턱대고 일제의 흔적들을 지우기보다는 살아 있는 역사교육장으로 활용하는 것이 훨씬 더 가치가 있다는 생각이 들었다.

그렇게 구경을 마치고 북성로 믹스카페를 떠나 도착한 곳은 교보문고였다. 교보문고 건물에 도착하기 전, 하늘이 우릴 반기는지 비가 잔뜩 쏟아졌다. 갑자기 쏟아지는 비에 등 떠밀리듯 교보문고로 뛰어들어갔다. 교보문고에 도착해서 우리가 해야 할 일은 선생님이 정해 주신 책을 찾아 사진을 찍는 것이었다. 그러고 나서 우리는 교보문고 안을 누비고 다녔다. 생각해 보니 대구 교보문고는 벌써 두 번째였다. 내 평생 대구에 가 본 것도 두 번째, 즉 대구를 방문할 때마다 교보문고를 들렀다. 어쩌면 우리에겐 이 교보문고가 대구의 랜드마크가 아닐까 하는 생각이 들었다.

그럼 내가 자란 우리 마을, 신안리에서 나에게 특별하고 다른 사람에게도 특별한, 랜드마크의 역할을 하는 장소는 어딜까? 내 어린 시절, 나는 학교가 끝나면 항상 마을회관에 있었다. 원래 마을회관은 할머니, 할아버지들이 많이 가시는 곳인데, 그 옆으로 넓은 공터가 있어서 어린 우리들의 놀이터가 되었다. 그때는 오후만 되면 마을회관으로 아이들이 모였고, 자전거도 타고 숨바꼭질도 하며 시간을 보냈다. 특별한 도구가 없어도, 정말 친구들만 모였다 하면 무엇을 하건 재미있게 놀 수가 있었으니, 그때는 지금보다 훨씬 순진하고 순수했던 것 같다.

어찌 보면 그때 마을회관은 아동기와 노년기가 공존하는 하나의 방주와 같았던 것 같다. 거의 60~70년이나 차이가 나는 두 개의 시간이 충돌하면서도 잡음 하나 나지 않고 어울렸다. 그러나 친구들이 하나둘씩 중학교에 입학하게 되면서 마을회관에 모이는 아이들은 점점 줄어들었다. 거의 마지막 세대였던 나까지 중학교에 들어오면서, 회관에서 아이들의 웃음 소리, 뛰노는 소리는 더 이상 들을 수 없었다. 학교 성적을 위한 공부 시간 때문일까, 아니면 컴퓨터, 스마트폰 등 전자 기기에 매료돼 놀 생각을 하지 않았던 것일까. 더 이상 마을회관엔 아이들의 발걸음이 닿질 않았다. 나 역시 그랬다. 지금 우리 사회는 우리가 마음껏 뛰놀 수 있는 자유를 허락하지 않았다. 그렇게 마을회관은 우리에게 잊혀만 갔고, 우리 마음속엔 하나의 추억으로만 남게 되었다.

매일 학교 갈 때마다 지겹도록 본 마을회관이 생각해 보니 어린 시절 나에게는 놀이터와 같은 존재였다. 이제는 가고 싶은 마음도,

별 감정도 없는 곳이지만, 그 당시의 나에게는 정말 큰 의미를 지닌 곳이었다. 매일 보는 곳이지만, 이제부터는 그 시절을 회상하고 우리에게 놀 장소를 제공해 준 넉넉함에 고마운 마음을 가져야겠다.

언제 한번 마을회관을 혼자 걸어보는 것도 나쁘지 않겠지. 그리고 친구들에게도 연락을 해 봐야겠다.

저마다의 이야기가 있는 대구 골목

정세린

영동군에 단 하나뿐인 책쓰기 동아리라는 사명감 속에 동아리 활동을 시작한 지 벌써 일 년이 지났다. 이번에 '대구에서 골목과 책을 만나다' 프로그램으로 대구를 방문했는데, 이것이 그동안 고생한 우리들에게 내려진 행복한 선물이라고 생각되었다. 대구 탐방일이 다가올수록 이번 탐방에 대한 기대감이 커졌는데, 작년 대구 야구장 체험학습을 제외한다면 내 인생에서 거의 유일한 대구 방문이기 때문이었다.

유난히 더운 날씨와 이곳저곳에서 낯설게 들려 오는 사투리들이 이곳이 대구임을 증명해 주는 듯했다. 추풍령과는 비교가 되지 않는 더운 날씨 탓에 툭 튀어나온 입을 미처 감추지 못하고, 우리의 여정을 안내해 주실 해설사 분과 함께 본격적인 대구 탐방을 시작하였다.

대구에서의 첫 일정은 대구의 도심 속 보물이라 일컬어지는 '대구근대골목투어'였다. 대구 근대 역사와 문화의 과거와 현재를 느껴볼 수 있는 근대골목투어 코스는, 대구만의 세월의 흔적을 가장 잘 느낄 수 있는 곳으로 각광받고 있는 관광지라고 한다.

영남 최초의 고딕 양식 건축물인 계산성당이 첫 번째 투어 장소가 되었다. 경상도에서 가장 오래된 성당이자 서울의 명동성당, 전주의 전동성당과 함께 우리나라 3대 성당 중 하나로 대구에서 손꼽히는 장소 중 하나이다. 이곳 계산성당은 박정희 전 대통령의 결혼 장소로 유명했던 곳이기도 하다.

운 좋게도 그날 성당을 방문하니 때마침 미사를 하고 있어 평소에는 궁금해도 볼 수 없었던 진귀한 모습들까지 엿볼 수 있었다. 성당 미사 때는 민간인 출입을 금지시키는 경우도 있었기에 기회를 놓치기 전에 잽싸게 들어가 보았다. 수많은 천주교 신자 속에서 우리의 눈길도 저편에서 아름답게 반짝이는 스테인드글라스와 십자가 쪽을 향하고 있었다. 어느 순간 하나둘씩 기도하고 있는 우리들의 모습 속에서 때 묻지 않은 순수한 마음을 엿볼 수 있었다. 나 또한 색다른 곳에서만 느낄 수 있는 만감들을 오래 간직할 수 있도록 잠시 기도하는 시간을 가졌다. 단지 흘러가는 분위기에 취해 했던 행동이 아닌, 진실된 마음에서 우러나온 기도였다.

두 번째 투어 일정은 이상화 시인의 고택 방문이었다. 이상화 고택은 본채와 한옥채로 나뉜 'ㄱ'자 모양의 아담한 한옥으로, 민족 시인의 소박하고 검소한 모습을 엿볼 수 있었다. 툇마루에 앉아 친구들과 도란도란 얘기를 나누니, 그것 나름의 소소한 즐거움을 느낄 수 있었다.

다른 곳으로 이동하며 지나가는 길엔 선교사 스윗즈의 주택도 볼 수 있었다. 1893년부터 대구를 찾아 선교 활동을 한 미국인 선교사들이 1910년경에 지은 서양식 건물이었다. 서로 다른 동서양의 건축 양식이 혼합되어 잘 갖춰진 한옥 가옥의 형태를 띠고 있는 모습이 신기하고 흥미로웠다. 오직 대구에서만 느낄 수 있었던 대구만의 볼거리들이었다.

중간 일정을 마치고 저녁을 먹으러 이동했다. 얼마 전 개통한 지상철 3호선을 이용했다. 지상철 타는 것에 들떠, 우리는 가는 도중 연신 사진을 찍었다. 지하철 처음 타 봤냐는 소리를 괜히 듣는 것이 아닌 것 같다는 생각이 문득 들었다. 아무튼 처음 타 보는 것은 절대 아니다. 저녁 식사는 동성로 나름의 맛집, 떡볶이 뷔페에서 해결했다. 떡볶이를 만들 재료를 가져다가 취향에 맞게 직접 조리해서 먹는 재미도 쏠쏠했고 맛까지 좋았다. 점심을 먹고 후식까지 든든하게 뱃속에 챙긴 후 대구에서의 마지막 일정으로 교보문고를 방문했다.

추풍령에선 고작 가 봐야 김천의 20평 남짓한 동네 서점이 전부인데, 이렇게나 많은 책들 틈에 끼어 다양한 종류의 책을 눈에 담고 접할 수 있으니 행복한 기분이 몸속 깊은 곳까지 느껴졌다. 언제 또 가득히 찬 새 책 냄새에 취해 볼 수 있을까 싶었다. 부족한 시간 탓에 시간에 바삐 쫓기면서도 서점 안의 다양한 분야의 책들을 꼼꼼히 살펴보았다. 그러자 어느 순간 내 손에는 세 권의 구입할 책이 들려 있었다.

며칠 전 뉴스에 특별하고도 감동적인 이야기가 나와 집중해 보았던 적이 있다. 한국에서 태어나 한 명은 프랑스, 한 명은 미국으로 입양되어 서로의 존재를 모르며 25년을 살아 왔던 두 명의 일란성 쌍둥이에 관한 이야기이다. 그들은 우연찮게 SNS를 통해서 서로의 모습을 확인했고, 세상의 모든 사람들에게 기적을 보여준 감동 실화로 알려졌다. 영화로도 나온다기에 꼭 보고 싶다는 생각을 하고 있었는데, 이 이야기가 책으로 나와 전시되어 있던 것을 우연히 발견한 것이다. 결국 이 책은 내 손에 들려진 세 권의 책 중 한 권이 되었다.

한 권의 책도 빠짐없이 살펴보겠다고 생각하며 열심히 돌아다녔다. 그러다 보니 벌써 모이기로 한 시간이었다. 교보문고에서의 시간은 정말 짧았다. 시간을 놓고 보면 그리 짧은 시간은 아니었는데 이 순간의 두 시간은 2분 같았다. 마치 양치를 이제 막 끝마친 정도만큼 짧게 느껴졌다.

어느새 집으로 가야 할 시간이 다가오고 있었다. 아쉬운 작별을 뒤로 하고 대구역으로 가던 중 지하의 중고서점을 들렸다. 수미가 가지고 있는 책 중에는 중고서점에서 구입한 몇 권의 책들이 있는데 가격도 싸고 품질도 좋아 내가 많이 부러워했었다. 서점에서는 비싸게 팔리는 책들이 그곳에서는 절반 가격밖에 되지 않았다. 단지 다른 사람이 한 번 읽었고 작은 흠이 생겼다는 이유만으로는 내놓기 아까운 책들도 눈에 많이 보였다. 중고서점을 들를 것이라는 생각을 못 한 나머지 안타깝게도 교보문고에서 돈을 모두 써버려서 중고서점에서는 책을 살 수 없었다. 돌이켜 생각하면 가장 아쉬운 점이 이것이다.

중고서점에서도 오랜 시간 동안은 있지 못하고 한번 훑은 뒤 지하상가를 빠져나와 대구역에 도착했다. 하루 동안 즐거웠던 동아리의 첫 여행 이야기가 마무리되는 순간이었다. 대구는 도심 속 보물이라는 명성처럼 모든 장소와 건물 하나하나가 금화만큼 빛났으며 훌륭했다. 그저 골목 하나도 저마다의 이야기가 있었기 때문일 것이다. 처음 느껴 보았던 대구에서의 새롭고 다양했던 경험들과 우리들을 싣고 추풍령으로 향하던 밤기차 속에서 친구들과 오순도순 나누었던 이야기들은 먼 나중, 우리들만의 이야기가 되어 서로의 입에 오르내리며 오랫동안 기억될 것이다. 보다 가치 있는 시간으로 내 마음을 채워 나갈 수 있었던 소중한 대구 여행이었다.

대구와 추풍령 사이

현정은

우리 책쓰기 동아리 도담도담은 두 번째로 대구를 탐방하러 갔다. 한 시간가량 기차를 타고 대구에 도착하여 가장 먼저 찾아간 곳은 독립서점 '더 폴락'이었다. 독립서점은 대구뿐만 아니라 우리나라 전국에서도 몇 개 없는 곳이라 했다. 이런 곳에 책방이 있나 싶을 정도로 골목으로 들어가자 서점이 나왔다.

'더 폴락'에는 생각보다 비싼 값에 팔리는 책들이 많았다. 대형 서점에서는 볼 수 없었던 개성 넘치는 책들이 많았다. 어렸을 때 A4 용지로 책 접기 할 때 쓰던 방식으로 만들어진 책도 있었고, 실로 엮은 책도 있었으며, 그 외에도 다양한 책들을 만날 수 있었다. 평소에 일반 서점에서는 보기 힘들었던 책들이 많아서 신기했고, 대형 서점에서는 느낄 수 없었던 여유로운 느낌까지 들었다. 나도 나중에 독립서점을 하나 운영해 보는 것이 어떨까 하는 생각을 했다. 책을 좋아하는 서점의 주인이 되어, 좋은 책과 좋은 음악, 좋은 차를 선물하고 싶어졌다. 얼마나 평화로운 일일까.

다음으로는 대구의 근대 건축물인 '북성로 믹스카페'를 구경하러 갔다. 그곳은 일본식 건축 양식으로 지어진 카페였는데, 근대 건축물을 보존하면서 현대 인테리어를 접목시킨 듯해서 굉장히 새로웠으며 무엇보다 멋있었다. 팥빙수를 먹었는데 가격이 꽤 비싼 편이었으나 비싸다는 느낌은 들지 않았다. 이곳의 인테리어 그리고 녹아 있는 이야기에 비하면 이곳의 팥빙수는 싼 편이 아닐까? 자부심이 묻어나는 카페 사장 아저씨의 설명을 들으면서 우리 마을을 생각하는 나의 마음을 떠올렸다. 나는 우리 마을, 우리 학교를 저렇게 자부심에 찬 말로 설명할 수 있을까?

다음은 교보문고에 가서 평소 관심 있던 기욤 뮈소의 작품과 사랑이 엄마이자 추성훈의 아내인 야노시호의 첫 에세이, 그리고 마이클 잭슨의 자서전 등을 샀다. 책을 사고 집으로 돌아가면서 친구들이 산 책을 구경하기도 하고, 서로 읽어 보기도 했다. 가장 재미있게 본 책은 야노시호의 첫 에세이인 『사랑이 반짝하고 빛나는 때』라는 책이었다. 책장 하나하나 넘길 때마다 들어 있는 예쁜 사진 덕분에 지루하지 않게 봤던 책이다.

사실 나는 내가 추풍령에서 태어났다는 것을 부끄럽게 여기며 싫어했던 적이 있었다. 하지만 지금은 전혀 그렇게 생각하지 않는다. 지금은 오히려 자랑스럽게 생각한다. 우리 추풍령도 발전할 가능성이 충분히 있는데 아직은 그러지 못하고 있는 것 같다. 대구처럼 우리 추풍령도 이야기가 붙여지고 살이 더해지면 충분히 멋지고 누구에게나 자랑스러운 그런 곳이 될 수 있지 않을까?

대구 골목과 책을 만나다

이연수

2015년 9월 12일, 우리 학교 책쓰기 동아리는 두 번째로 대구를 방문했다. 첫 번째 대구 방문을 할 때는 조금 귀찮은 생각도 들었고 왜 대구로 가는지 잘 이해가 되지 않는 면도 있었지만, 두 번째 방문을 할 때는 왠지 모르게 기다려지고 설레는 마음이 더 컸다. 우리는 그날 오후 추풍령에서 대구로 출발한 지 약 한 시간 만에 대구역에 도착했다. 대구역을 나오니 첫 번째로 대구를 왔었을 때가 생각이 나서 더욱 기대가 되었다.

우리가 첫 번째로 방문한 곳은 '더 폴락'이라는 독립서점이었다. 독립서점은 교보문고와 같은 큰 서점들과는 느낌이 전혀 달랐다. 왠지 모르게 더 아기자기하고 작가들의 개성이 묻어나는 책이 많은 듯 느껴졌고, 책의 이름과 내용이 재미있는 책들도 많이 있었다.

그리고 이 독립서점에서 파는 책들은 다른 곳에 있는 독립서점에 가면 없을 수도 있다고 하였다. 그래서 서점의 주인 누나는 독립서점에서 파는 책들은 큰 서점에는 없는 책들이고, 다른 독립서점에서 파는 책들이 각각 달라 찾아다니면서 책을 보는 재미도 있다고 하셨다. 마지막으로 우리 추풍령 중학교의 책쓰기 동아리가 책을 내게 된다면 이곳에서 판매할 수 있게 해 준다고 해서 내가 책쓰기 동아리라는 것에 대한 자부심을 느꼈다.

두 번째로 방문한 곳은 북성로 믹스카페라는 집이었다. 가게가 좀 오래되어 보였는데, 우리가 간 날이 이 카페의 개업 1주년이라는 사실에 깜짝 놀랐다. 이곳은 1950년 지어진 3층짜리 근대 건물을 복원해 지난해 9월 문을 연 복합문화공간이라고 하였다. 1층에는 계산대와 앉을 수 있는 공간이 있어 평범한 카페의 분위기였다. 하지만 2층은 일본 전통 주택의 느낌이 났다. 그리고 3층으로 올라가 보니 오래된 물건들을 모아 놓은 골동품 박물관이 있었다. 왠지 카페로 쓰이는 1, 2층과는 다른 느낌이어서 더욱 마음에 들었다. 다시 2층으로 내려가서 선생님이 사 주신 팥빙수를 먹었다.

마지막으로 주인 아저씨가 오래된 건물들을 허물지 말고 그대로 남겨 놓아야 한다고 하였다. 왜냐하면 남기고 보존하여서 잊히지 않게 하기 위해서라고 했었던 것 같다. 주인 아저씨의 말대로 우리 마을에도 오래된 건물이나 오래된 물건들을 잘 보존해서 이 카페처럼 발전시키면 좋을 것 같다는 생각이 들었다.

예를 들어 우리 집에 이 카페처럼 발전시킬 수 있는 것이 있을 까? 우리 집에는 나랑 나이가 같은 조금 큰 나무 한 그루가 있다. 그 나무는 내가 어렸을 때에 올라가기도 하고 매달리기도 하면서 놀 았다. 그리고 아빠가 그네도 한 개 만들어 주셔서 혼자 놀아도 정말 재미있게 놀았었다. 내가 나이가 들면 그 나무도 나이가 들 것이고 키도 더 클 것이다. 그러면 그 나무 앞에 대구에 있는 북성로 카페 처럼 멋진 카페를 만들고, 나무가 멋지게 카페를 품을 수 있도록 하 고 싶은 마음도 있다.

카페에서 나와 우리는 교보문고로 이동을 하였다. 교보문고에서 는 우리가 해야 할 미션이 있었다. 첫 번째는 책 읽는 모습을 찍는 것이고, 두 번째는 다양한 방법으로 책을 찾아서 사진을 찍는 것이 었다. 빨리 미션을 끝내고 지하 1층에 있는 큰 문구점 같은 곳에 갔 다. 그곳에서 구경을 했다. 처음 대구를 방문했을 때에는 이곳에 있 는 시간이 조금 적어서 불만이었지만, 이번에는 서점을 둘러볼 시 간이 충분했다.

서점에서 나오니 벌써 날은 어둑어둑해졌다. 그래서 배고픈 배 를 채우러 저녁을 먹으러 갔다. 우리가 저녁을 먹은 곳은 뉴욕피자 라는 곳이었다. 이 피자집은 국어 선생님이 대구에 있었을 때 제자 들과 함께 많이 온 곳이라고 하였다. 이곳 샐러드바는 여러 가지 음 식이 있었고 피자의 종류도 다양했으며 가격도 저렴하였다. 그렇 다고 맛이 없었던 것은 아니었다. 다른 브랜드의 피자집보다도 더 친절하고 맛도 있었다. 피자를 먹고 몇몇 애들은 대구 시내를 구경하러 갔고 나머지들은 대구역으로 출발하였다.

기차 시간까지는 시간이 많이 남아서 지하상가를 구경하러 갔다. 지하상가에는 정말 다양한 물건과 사람들이 있었다. 다른 지하상가보다 특이했던 것은 중앙에 있는 작은 분수였다. 지하에 이런 것이 있다는 것이 신기하였다. 정신없이 놀다 보니 벌써 기차 시간이 되었다. 그래서 기차를 타러 대구역으로 갔다. 그 후에는 국어 선생님의 마지막 정리 말씀을 듣고 기차에 몸을 실었다.

기차 안에서는 예담이가 큐브를 조금 알려주어서 이제는 딱 한 면을 맞출 수 있게 되었다. 다 맞추진 못하지만 한 면이라도 맞출 줄 아는 내가 자랑스러웠다. 큐브에 한참 푹 빠졌을 때 우리는 추풍령에 도착했다. 추풍령에 도착해서는 각자 뿔뿔이 흩어져 집으로 돌아갔다.

그날 전체적으로 한 일을 생각하니 조금 아쉬운 부분도 있었지만 그래도 재미있었다. 이제 마지막으로 가는 '책쓰기 동아리 대구 서점 투어'여서 조금 아쉬웠다. 나중에 커서 시간이 생기면 다시 한 번 와서 구경하다 가면 좋을 것 같다.

내가 대구 서점까지 오다니

오수미

작년에도 계획했었지만 무산되었던 대구 탐방을 이번에는 갈 수 있게 되었다. 12시 44분, 추풍령에서 대구로 향하는 기차를 타고 출발하였다. 기차를 타고 약 한 시간 거리인데, 친구들과 같은 자리에 앉을 수 없었기 때문에 시간이 더더욱 천천히 가는 것 같았다.

오래 전에 대구에서 이모와 함께 학원을 다녔던 적이 있기 때문에, 이곳은 나에겐 나름 익숙한 편이었다. 그래도 학원을 다닐 때에는 가 볼 생각도 못 했던 곳을 방문한다고 하니 기대가 되었다.

대구에서 처음으로 간 곳은 대구근대골목이었다. 대구는 추풍령보다 더 더운 곳이기 때문에 땀도 많이 났고, 들고 있는 짐도 더 무거운 것 같았다.

약 두 시간 정도의 근대골목투어를 마치고 대구에 새로 생긴 3

호선을 타고 처음 왔던 곳으로 돌아왔다. 점심은 추풍령에서 대충 때우고 왔기 때문에 이른 저녁을 동성로에 있는 떡볶이 뷔페인 '먹 짱 5900'에서 먹었다. 배부르게 저녁을 먹고, 대구에서 가장 큰 서 점인 교보문고에 갔다.

교보문고에는 책도 많고 지하에는 여러 가지 문구도 팔아 구경 할 것이 많았다. 교보문고에 돌아다니면 바닥에 앉아서 책을 읽는 사람들이 많이 보이길래, 나도 한번 앉아서 책을 읽어 봤다.

나는 모두 두 권의 책을 샀다. 하나는 평소에 내가 즐겨 보던 웹 툰의 단행본이고, 하나는 좋아하는 일본 작가인 히가시노 게이고 의『나미야 잡화점의 기적』이었다. 교보문고에 오래 있고 싶었 지만 기차 시간 때문에 한 시간 정도밖에 시간이 없어 아쉬웠다. 그리고 중고서점인 알라딘에 가서도 책을 구경했다. 알라딘은 중고책을 싸게 파는 서점인데, 진짜 싼 책은 3천 5백 원까지도 한다.

　기차 시간에 쫓기면서도 대구귀금속거리에서 엄청 큰 와플도 먹으면서 다행히 시간에 맞춰 탔다. 갈 때는 정은, 유정, 세린, 나는 떨어져 앉았지만, 올 때는 네 명이서 다 같이 앉아 시간이 너무 빨리 가는 것 같았다. 교보문고에 있었던 시간이 짧아 너무 아쉬웠다. 다음번에도 가면 교보문고에 조금 더 오래 있으면서 바닥에 퍼질러 앉아 책 한 권을 다 읽고 싶다.

오늘 대구는 나에게 어떠한 영향을 미칠까

오수미

2015년 9월 12일, 두 번째 대구 서점 탐방을 하는 날 우리는 기차를 타고 대구로 향했다. 첫 번째 대구 서점 탐방을 갔을 때는 혼자 앉아서 갔는데, 이번에는 정은이랑 같이 앉게 해 준다고 해서 기쁜 마음으로 기차에 탔다. 하지만 이번에는 번호는 연결되어 있었지만 좌석이 떨어져 있었다. 결국 또 혼자. 휴! 언제쯤 정은이랑 같이 앉아서 갈 수 있을까? 많이 심심했지만 가는 동안 음악을 들으면서 사람 구경, 바깥 구경을 하니까 금방 도착했다.

대구에 도착해서 우리는 처음으로 '더 폴락'이라는 작은 서점에 갔다. 더 폴락은 대형서점에서는 볼 수 없는 개인 출판 책을 파는 서점이라고 한다. 더 폴락에는 우리 같은 학생들이 쓴 책도 있었다. 또한 내가 요즘 관심 있는 포토 에세이도 있었다. 욕이 써 있는 책도 있고, 우리가 읽기에는 조금 야한 책도 있었다. 우리가 쓴 책이 나중에는 여기에서도 팔리겠지 하는 생각도 들었다.

더 폴락을 구경하고 북성로 믹스카페에 갔다. 북성로 믹스카페는 1950년대에 지어진 근대 건물을 복원해 작년 9월 문을 열었다고 한다. 이 믹스카페에서는 100여 년의 흔적을 볼 수 있다. 믹스카페에서 나와 공구박물관을 가려고 했지만 비가 너무 많이 오는 바람에 공구박물관에는 가지 못하고 바로 교보문고에 왔다.

교보문고에서 해결해야 할 간단한 과제가 있어서 과제 쪽지를 열었는데, 나는 『책 먹는 법 — 든든한 내면을 만드는 독서 레시피』라는 책을 찾아야 해서 교보문고 3층까지 올라갔다. 과제를 수행한 다음에는 추풍령에서 부탁 받아온 일들을 해결해야 했다. 멀리 대구까지 체험 학습을 하러 온 딸에게 엄마는 책을 사 오라고 부탁을 했다. 이제 엄마가 부탁한 히가시노 게이고의 책인 『방과후』와 『공허한 십자가』를 찾아볼 차례였다.

한참 서점 구석구석을 다니다 보니 몇몇 책들이 눈에 들어오기 시작했다. 평소 내가 즐겨 보는 프로그램인 〈비정상회담〉의 전(前) 영국 대표 제임스 후퍼는 『원 마일 클로저』라는 책을 썼는데, 그 책은 열다섯 살 때부터 모험가를 꿈꾸고 지금까지 모험을 이어가고 있는 자신의 삶을 기록한 에세이집이었다. 이밖에 내가 꼭 읽고 싶었던 책인 바바라 런던의 『사진학 강의』를 찾기 위해 사진 코너를 한참이나 뒤졌지만 결국 책을 찾지 못했다. 그 뒤에 알라딘이라는 중고 서점까지 갔지만 책을 찾지 못했다.

대형서점이라고 해서 사고 싶은 책을 사러 갔지만 재고가 없어서 안 파는 책들도 많았다. 그런 점에서는 조금 아쉽다는 생각이 들었다. 하지만 이런 대형서점에는 책을 사러 오는 사람들도 있고 책을 읽기 위해서 오기도 한다. 혹은 시간을 때우기 위해 오는 사람도 있을 것이다. 잘 나가는 책들이 아니면 책을 쉽게 찾을 수 없다고 하더라도, 이런 좋은 점이 있기 때문에 다들 이곳을 찾는다는 생각이 들었다. 교보문고에선 구석에 앉아서 책을 읽는 사람들도 쉽게 볼 수 있었는데, 그런 사람을 구경하는 것도 재미있고 나도 그런 사람들처럼 구석에 앉아서 책을 읽는 재미도 있었다.

저녁을 먹기 위해 식당으로 가는 길에 유니클로에서 옷 구경도 하고 밥을 먹으러 갔다. 밥을 먹으러 간 곳은 동성로 뉴욕피자였다. 샐러드바도 있고 피자도 맛있었다. 배부르게 저녁을 먹고 대구 지하상가를 구경하다가 기차 시간이 되었다.

추풍령에 갈 때는 다행히도 정은이랑 같이 앉아서 가게 되었다. 추풍령으로 가는 약 한 시간 동안 내가 산 책도 읽고 오늘 하루 대구에서 있었던 일을 핸드폰 메모장에 정리도 해 보았다.

오늘 내가 대구 서점에서 해 보았던 일들이 나에게는 어떠한 영향이 미칠지 모르겠지만 이러한 일들로 나의 삶이 바뀔 거라고 믿고, 그렇게 되기 위해 노력할 것이다.

다음에도 대구에 꼭 가고 싶다

송수정

　5월 9일 토요일 오전 방과후학교를 마치고 나서, 두근두근하는 마음과 들뜬 발걸음으로 기차역을 향해 갔다. 나는 빨리 가고 싶어서 다른 사람들이 늦게 오니 괜히 원망만 했다. 하지만 교감 선생님께서 아이스크림을 주셔서 그런 원망하는 마음은 날아가 버렸다.

　기차에 올라탔을 때도 계속 가슴이 콩닥콩닥 뛰었다. 자리에 앉아 대구까지 가는 동안 간식도 먹고 친구들과 얘기도 하면서 갔다. 그러다 보니 어느 순간 대구역에 도착해 있었다. 대구역에 내리자 이흥수 선생님께서 마중을 나와 주셨다. 대구역은 추풍령역과 비교할 수 없을 만큼 엄청 컸다.

　태어나서 처음으로 대구 골목투어를 했다. 대구는 더워서 걷기가 힘들었지만, 해설사 선생님의 설명을 들으면서 새로운 정보들을 알게 되는 것 같아 그냥 열심히 따라갔다. 화교협회에 갔는데 빨간색 벽돌로 지은 건물이 멋졌다. 그리고 그 다음에 약령시한의약박물관에 갔다. 건물 안에서 설명하는 거라 덥지 않겠다고 생각하고 안심하고 올라갔다. 그리고 뽕나무가 있는 곳도 갔다.

계산성당에 가는 길에 퀴즈를 맞힌 사람들만 아이스크림을 주신다고 했는데, 다행히도 못 맞춘 아이들도 다 줘서 완전 좋았다. 더운 대구 날씨를 아이스크림으로 그나마 시원하게 만들어서 좋았다. 계산성당에 들어가 보니 안에는 정말 넓고 그림도 아름다웠다.

마지막으로 동산선교사주택에 가서 단체사진을 찍고 저녁을 먹으러 나섰다. 대구의 모노레일을 타고 갔다. 처음 타 보는 거라 빨리 타고 싶었다. 역시 사람들이 너무나 많았다. 내리고 타는데 약간 아찔하기도 하였다. 그 다음 지하철을 타고 가서 떡볶이 먹는 곳에 도착하였다. 그곳은 무한리필이 되는 곳이었다. 남기지 않으면 아이스크림 하나를 무료로 준다고 해서 다 먹자고 다짐했다. 뷔페처럼 자기가 골라 먹을 수 있는 곳이었다. 여러 가지 맛있게 떡볶이 먹는 방법도 나와 있었다. 우리는 아이스크림을 먹기 위해 다 먹었다. 양이 적을 줄 알았지만 양이 정말 많았다.

그다음 대구 교보문고에 갔다. 들어가니 엄청 넓었다. 거기 가니 네이버 웹툰에 있는 책들도 많이 보였다. 예를 들어 『연애혁명』, 『ho!』, 그리고 『놓지마 정신줄』까지 책들이 책장에 빽빽하게 있는 것을 보니, 뭔가 책을 읽고 싶어지는 마음이 들었다.

세 가지 미션을 수행하기 위해 위층에도 올라가 봤다. 세 가지 미션은 바닥에 앉아서 책 읽는 모습을 사진 찍는 것과 청소년이 쓴 책 찍어 오기, 마음에 드는 책 표지와 내용 찍어 오기였다. 너무 여유 있게 책 구경을 하다 보니 시간이 훌쩍 가 버렸다. 그래서 허둥지둥 친구들과 미션 사진들을 찍었다.

먼저 바닥에 앉아 사진을 찍었다. 뭔가 책을 엄청 좋아하는 사람처럼 나온 것 같다. 그 다음 마음에 드는 책 표지와 안에 있는 내용을 찍었다. 표지가 캐릭터처럼 되어 있어 독특하고 귀여운 느낌이 났다. 그리고 내용의 알파벳 모양이 확 눈에 띄었다.

구경하는 도중에 『YG는 다르다』라는 책이 있었다. 양현석 그림도 있었다. 정말 좋아하는데 이 책을 사고 싶었지만 돈이 부족해서 사지 못하였다. 그리고 컬러링북도 많이 구경했다. 그리고 내가 찾던 일러스트 책들이 있는 곳을 발견하였다. 거기서 내가 살 책을 고르는 데 한참이 걸렸다. 드로잉북도 있고, 패턴 그리는 것도 있고, 내가 아는 블로그 펠트보이가 지은 책도 있었다. 여기는 마치 천국처럼 내가 원하는 게 한가득 모여 있었다. 고민이 많이 돼서 추천도 받고 해서 마지막에 신중하게 책을 골랐다. 뭔가 뿌듯하였다. 다음에 오면 다 살 것 같은 기분이었다.

책을 구매하고 나서 알라딘에 가서 책을 잠깐 구경하고 나왔다. 그리고 지하상가에도 가 봤다. 예쁜 옷들이 엄청 많았다. 길에 벤치에 잠깐 앉아 와플을 먹었다. 와플이 되게 컸다. 그래서 반을 나눠 먹었는데, 크림이 너무 많아서 그런지 느끼했다. 저녁도 많이 먹어서 배가 터질 것만 같았다.

대구에 오니까 먹거리도 많고 볼거리도 많았다. 어느새 시간이 훌쩍 지나 대구를 떠나야 할 시간이 되었다. 가는 발걸음이 무거웠다. 마지막까지 이홍수 선생님은 우리를 배웅해 주셨다. 되게 아쉬웠다. 오후 내내 대구에 있었지만 계속 있고 싶었다. 기차를 타고 가는 내내 대구에 또 가고 싶다는 생각만 들었다. 추풍령에 도착하니 서늘한 바람이 불었다. 대구와 추풍령의 날씨 차이가 좀 나는 것 같다. 집에 가기가 너무 아쉬운 하루였다.

내가 산 책은 『해피 일러스트 메모』다. 학교에서 나눠준 플래너를 작성할 때 도움이 될 것 같기도 하고, 그림, 글씨까지 모든 게 포함되어 있어서 이 책을 선택하였다. 고민에 고민을 하다가 산 책이어서 오랫동안 소중히 잘 간직하고 싶었다. 만약에 다음에 또 갈 수 있으면 일러스트 책에 대해서 더 자세히 알아가서 한번에 좋은 책을 딱! 골라서 사고 싶다.

처음에는 덥고 계속 걷는 거여서 가기 싫었는데, 너무너무 재미있었다. 다음에도 꼭 가고 싶다. 평소에 책도 많이 안 보는데, 큰 서점에 가니까 책도 마구마구 읽고 싶은 마음이 생기는 것 같았다. 이런 멋진 대구에서 멋있는 곳도 가고 맛있는 것도 많이 먹으니 정말로 좋았던 하루였다.

두 번째 대구 탐방

송수정

우리 동아리는 9월 12일에 두 번째로 대구에 갔다. 두 번째 대구 방문이지만 설레는 마음은 변함없었다. 오늘은 진짜 책을 빨리 결정해서 사 와야겠다고 결심하고 갔다. 왜냐하면 저번에 대구에 갔을 때는 책을 고르느라 시간을 많이 썼기 때문이다. 대구에 도착했을 때 역시 대구라 그런지 사람들이 북적북적거렸다.

우리는 처음에 작은 서점에 갔다. 예쁜 엽서도 있고, 에코백도 있고, 다양한 책들이 많았다. 그 중에 눈에 띈 것은 책 안에 그냥 여백만 있는 책이었다. 그 안을 자기가 직접 채워 나가는 책이었다. 여기는 아주 독특하고 예쁜 책들이 많았다.

우리는 나와서 '믹스카페'에 갔다. 근대 건물을 보존하고 있는 곳이었다. 뭔가 분위기 있어 보였다. 거기에서 팥빙수도 먹었다. 역시 먹을 게 입에 들어가니 신났다.

그 다음으로 교보문고에 갔다. 역시 저번처럼 우리들은 미션을 했다. 책을 찾아 인증샷 찍기였다. 나는 금방 찾아서 내가 원하는 책을 빨리 고르러 갈 수 있었다. 나는 이번에도 일러스트 책을 샀다. 패션 일러스트 그리기였다. 저번에 산 책은 따라 그릴 것이 많이 없어서 아쉬웠다. 그래서 이번에는 따라 그릴 것이 많은 책을 골랐다. 왠지 좋아하는 거니까 더 많이 그리게 될 것 같았다. 문화상품권도 가져가서 계산을 했는데 조금 부족해서 동전으로도 냈다. 웬만하면 문화상품권 가격에 맞춰 책을 사려고 했는데, 이 책은 너무 사고 싶었다.

서점에서 나와서는 뉴욕피자에 갔다. 대구에서는 꽤 유명한 피잣집이라고 해서 설레었다. 샐러드바에도 맛있는 게 많았다. 피자가 나오기도 전에 샐러드바에서 여러 가지 많은 음식을 담아 와서 먹었지만, 피자가 나오니 자동으로 피자가 입으로 쑥쑥 들어가기 시작했다. 바지 단추까지 풀고 먹을 정도로 많이 먹었던 것 같다.

배부르게 먹고 나서 추풍령으로 돌아가기 전에 지하상가 구경을 하러 갔다. 역시 예쁜 옷들이 완전 많았다. 신발 파는 곳도 있고 와플 파는 곳 등등 가게가 많이 있었다. 나는 옷 사는 것을 무척 좋아하기는 하지만, 오늘 마음에 드는 책을 사고 나서인지 예쁜 옷을 봐도 별로 사고 싶지가 않았다.

모든 일정이 끝나고 기차를 타고 우리는 추풍령으로 향하였다.

우리 학년 여자들은 기차 의자를 돌려 마주 보며 수다를 떨면서 갔다. 은총이는 스마트폰으로 인터넷 방송을 보고, 희원이랑 나는 기차역이 정차하는 곳마다 밖에 있는 사람들한테 손을 흔들어 인사하는 놀이(?)를 했다. 어떤 사람은 우리를 쳐다보지 못해 손을 안 흔들어 준 사람도 있었지만, 반면 우리를 보며 웃으며 손을 흔들어 준 사람들도 있었다. 이게 뭐라고 우리는 웃겨 죽는 줄 알았다.

추풍령에 도착해 내리니 쌀쌀했다. 역시 이번 대구 탐방도 완전 좋았다. 이번 대구 탐방도 만족하고 기대 이상으로 즐거웠다.

대구에서의 새로운 경험

장유정

5월 9일, 도담도담 동아리에서 대구 답사를 하러 가기로 하였다. 아침 공부를 하고 나와 정은이, 수미, 세린이는 국어 선생님 차를 타고 기차역에 도착하였다. 모두가 모인 뒤, 간단히 선생님 설명을 듣고 기차를 타, 우리가 앉을 좌석을 찾으러 갔다. 나는 세린이와 같이 앉게 되었지만, 정은이는 1학년과 같이 앉고, 수미는 혼자 앉게 되었다. 2학년 네 명이 모두 같이 앉았으면 좋았을 텐데 아쉬웠다.

친구들이랑 단톡을 하고 세린이와 얘기하다 보니, 대구역에 도착하였다. 우리는 새로 생긴 지상열차를 타기도 하고, 대구근대골목투어를 체험하기도 하였다. 또 성당, 각시탈 촬영지, 청라언덕 등 대구 도심의 구석구석을 다니며 사진도 찍었다.

그 다음에는 밥을 먹으러 갔다. 떡볶이 뷔페였다. 나는 아침을 안 먹어서 그런지 정말 배가 고팠었는데, 드디어 밥을 먹으러 가서 좋았다. 간단한 음식거리도 있고, 라면과 같은 소박한 즉석 요리도 있었고, 내가 생각해 왔던 것과 달리 꽤 맛있었다. 조금 투덜투덜거렸긴 했지만 말이다. 감사한 게 있다면 학교에서 밥을 사준 거? 아쉬웠던 점은 차 시간을 맞추기 위하여 밥을 제대로 먹지 못하였던 것이었다.

밥을 먹은 뒤, 우리는 교보문고를 찾아갔다. 교보문고는 정말 크고 사람도 많고 신기했다. 선생님께서 미션과 한 시간의 시간을 주었다. 나와 세린이는 미션을 한 가지, 한 가지씩 완수한 뒤, 뭐가 있나 여기저기를 구경을 하면서 돌아다녔다. 교보문고가 커서 그런지, CD 파는 곳도 있고, 핸드폰 케이스 파는 곳도 있고, 이것저것 다 있었다. 그 많은 책들 중에서 나는 『연애혁명』과 『오렌지 마말레이드』를 샀다. 다른 친구들도 나와 비슷하게 두세 권을 샀다.

한 시간 뒤, 미션을 다한 것을 선생님께 검사받은 뒤, 알라딘 중고서점을 찾아갔다. 나로서는 중고서점은 처음으로 간 곳이기도 하니까 신기했다. 중고서점에 가니 책 상태도 다 좋아 보이고, 값도 싸고 참 좋은 것 같다. 나에겐 새로운 경험을 해 보아서 좋았다.

이제 모든 일정이 다 끝이 나고, 차 시간이 다 되어서 기차를 탔다. 다행히 추풍령으로 돌아갈 때는 네 명 모두가 같이 앉아 의자를 돌려 집으로 가게 되었다. 우리 네 명은 수다를 떨면서, 각자가 산 책들을 읽으면서 추풍령에 도착하였다.

　제대로 못 먹었던 난, 집으로 가서 다시 간단히 밥을 먹었다. 그리고는 후회했다. 내가 왜 돈으로 만화책을 샀는지 말이다. 그렇지만 나름대로 뜻 깊었던 날이었다.

이번에는 책을 잘 샀다

장유정

우리는 9월 12일, 우리는 다시 대구를 찾아 갔다. 처음 대구답사와 달리 무척이나 더워졌다. 역시나, 나는 놀러 가는 마음이었다. 하하.

우리는 대구에 도착하고는 바로 근대문화역사거리를 체험하기로 하였다. 갑자기 비도 오고 참 기분이 찜찜하였다. 일본식 집을 고쳐 만든 카페에서 팥빙수도 먹고, 출판사 없이 개인이 만든 책을 가격을 정하여 파는 독립 서점도 갔다. 팥빙수 집은 가격은 비싸긴 하지만, 맛은 최고였던 것 같아서 제일 기억에 남는 장소였다.

그 뒤로는 교보문고까지 걸으면서 뭐가 있나 구경도 하면서 갔다. 그러다가 교보문고에 도착하게 되었다. 전보다는 시간을 한 시간 정도 더 준 것 같았다.

우리는 선생님께 미션을 받았다. 첫 번째 미션은 종이에 써 있는 책을 찾아 사진을 찍어 오는 것이다. 나는 '세월호 사건'에 대한 책이었고, 우리 학교에도 있던 책이었다. 나는 검색대에 가서 책을 검색한 뒤 찾아가서 책 사진도 찍고, 책 읽는 모습도 찍어서 미션을 완료 하였다.

나와 세린이와 같이 다녔는데, 각자 책을 뭘 살지 생각을 하였다. 나는 많은 책들을 보면서 눈이 뒤집힌 것 같았다. 내 마음 같아서는 모든 책을 다 사고 싶은 심정이었다. 그렇지만 그 마음을 접었다. 사고 싶은 책 사진을 찍고, 시간이 별로 없으니 다른 층도 얼른 구경하기로 하였다. 결국 나는 『오베라는 남자』, 『허즈번드 시크릿』이라는 책 두 권을 샀다. 다른 아이들도 두 권 이상은 산 것 같다. 전보다는 책을 잘 산 것 같아 내심 뿌듯하였다.

교보문고를 나와서 유니클로 매장을 구경하고 마지막으로 밥을 먹으러 갔다. 뉴욕피자였다. 뉴욕피자라서 그런지 피자가 짰다. 별로 맛있었는지 몰랐다. 우리에게 밥을 사주어서 학교에 참 감사하다고 생각하였다. 두 번째로 간 대구 답사가 참 기억에 많이 남을 것 같다.

즐거운 대구 골목 여행

강은총

 5월 9일, 학교 책쓰기 동아
리에서 대구를 갔다. 대구에 도
착해서 바로 간 곳이 대구 화교
소학교였다. 화교란 다른 나라
에 정착해 있는 중국 사람을 말
한다. 그곳에는 빨간 벽돌로 지
어진 서양식 2층 건물이 하나 있었다. 인터넷 검색을 해서 더 찾아
보니까 지금은 대구화교협회 건물로 사용되고 있다고 한다. 이 건
물은 1925년에 지어졌다.

진골목은 '긴 골목'의 경상도 말이다. 일제강점기의 해방 이후에
재력가들과 기업인들의 거주지로 각광받았다.

　진골목을 거쳐 약령시 한의약박물관으로 갔다. 이곳에서는 한약도 마셔 볼 수 있고, 한방 체험도 할 수 있다고 한다. 그리고 전통한복도 직접 입어볼 수 있다.

　제일교회를 처음 본 순간, 서양에 온 것 같았다. 세련된 흰 벽돌과 작고 아담한 창문이 영화에서 본 것만 같았다. 안에도 가 보고 싶었지만 시간이 없어서 못 갔다. 다시 방문할 기회가 있다면 교회 안을 둘러보고 싶다.

　이상화 고택은 1939년부터 1949년 이상화 시인이 돌아가실 때까지 지냈던 곳이고, 1999년 이 고택을 보존하자는 시민들의 운동으로 인해 현재까지 남아 있게 되었다고 한다.

　계산성당에도 갔다. 성당에 들어가 봤는데, 딱 미사를 드릴 때라 미사 드리는 것도 보고 재미있었다. 그리고 성당 밖의 모습이 정말 아름다웠다. 김기훈 선생님 휴대폰으로 사진을 찍었는데 정말 간직하고 싶을 만큼 예뻤다.

제일교회, 계산성당, 이상화 고택(왼쪽 위부터).

　이곳은 동산 선교사 주택이다. 이 주택에 머물던 선교사의 이름은 챔니스이다. 인터넷 사진들을 보니 철쭉 필 때 갔으면 하는 생각이 들었다. 주택 옆에 철쭉이 참 예뻤다.

　대구 골목투어는 정말 재미있었다. 다음달에도 다시 가고 싶다는 생각이 들었다. 이 글도 나의 파일에 간직할 것이다. 나중에는 4코스를 가도 좋을 것 같다는 생각도 든다. 그리고 대구는 너무 덥다. 나중에 갈 때는 시원할 때 가고 싶다. 도서관 간 것도 아주 재미있었다. 다음에 갈 때는 알라딘 중고서점부터 갔으면 좋겠다는 생각이 들었다.

내 머릿속에 남아 있는 대구

강은총

책쓰기 동아리! 대구를 습격하다! 두 번째로 대구를 갔을 때에는 친구들과 사진은 많이 찍지 못했지만 추억은 많이 쌓은 듯하다. 내 머릿속에 기억으로 남아 있는 대구 이야기.

첫 번째, '유니클로'

유니클로에서는 가을, 겨울에 집에서 입을 후리스를 사려고 했지만 마음에 드는 색이 없어서 그냥 나왔다. 나는 그냥 나왔다는 게 기억에 남는다.

두 번째, '뉴욕피자'

일단 피자가 맛있었고 샐러드 바가 조금 작았지만 맛있었다. 내

기억에 남는 것은 "우리 담임 선생님께서도 과연 이곳에 왔었을 까?" 하고 국어 선생님과 내기를 했던 것이다. 내기는 국어 선생님이 이기셨다. 우리 반 선생님께서도 이곳에 왔었다.

세 번째, '북성로 믹스카페'

우리가 갔던 카페는 좀 색다른 곳이었다. 일제강점기 때 지어진 건물로 알고 있다. 오래 전에 세워진 건물 치고는 인테리어가 좋고 심플하게 되어 있었다. 빙수가 맛있었던 곳으로 내 기억에 저장되었다.

네 번째, '지하상가의 와플가게'

밥을 먹고 모두들 배불러 하는데 나는 뭔가 허전한 기분이 들어서 기차를 타기 전에 와플을 혼자 다 먹었던 기억이 난다. 난 와플을 먹고 배부름을 느꼈는데…….

다섯 번째, '교보문고'

교보문고에서는 선생님께서 미션을 주셨다. 선생님께서 나누어 주신 종이에 적힌 책을 찾는 미션이었다. 난 그 미션을 컴퓨터를 통해서 빨리빨리 찾고 교보문고를 계속 둘러보았다. 그리고 모이기 30분 전에 국어 선생님을 만나서 지하에 있는 문구센터에 가서 볼펜, 지우개, 용돈기입장을 사고, 교보문고에서 나왔다.

글로만 보는 사람들은 내가 돼지인 줄 알겠다. 난 내가 그렇게 많이 먹는다고 생각하지는 않는데, 진짜로 이렇게 쓰고 보니까 거의 먹는 걸로만 기억에 남는다. 다음에는 더 재미있는 대구 탐방이 있지 않을까 기대해 본다.

우리 책도 독립서점에서 판매할 수 있을까요?

손명호

9월 12일 대구에 갔다.

처음에는 '더 폴락'이라는 독립서점에 갔다. 독립서점은 대형서점과 달리 출판사 없이 개인이 만든 책도 판다. 그래서 다양한 장르의 책을 볼 수 있다. 우리 책쓰기 동아리 도담도담이 쓴 책도 이곳에서 팔게 될 것이다. 누군가가 우연히 여기서 우리의 책을 사주었으면 좋겠다. 만약에 우리 책을 사면 우리는 기분이 너무 좋을 것 같다.

두 번째로는 북성로 믹스카페에 갔다. 가게 사장 아저씨께서 가게의 역사에 대해 설명해 주셨다. 북성로는 예전 일제강점기 때 일본인들이 많이 살던 곳이라 일본식 건물들이 굉장히 많다. 이 믹스카페는 일본식 건물을 리모델링하였다. 그래서 일본에 있는 이모

집이 생각이 났다.

작년 겨울에 사이타마 현에 있는 이모집에 갔다. 이모집에 가서 직접 떡도 만들어 먹었다. 직접 절구질도 하였는데, 절구가 무거워서 떡을 만들 때는 힘들었지만 참 맛있었다. 한국에서 경험하지 못할 좋은 경험이었다. 크리스마스 선물도 주고 받았는데, 나는 장갑을 받았다. 큰 눈사람을 만든 기억도 난다. 회전초밥집도 갔는데, 맛있는 초밥을 배터지게 먹은 것도 기억이 난다. 다시 일본에 간다면 꼭 먹고 싶다. 요번에 갔을 때는 추억도 많이 쌓고 경험도 많이 한 것 같다.

북성로 믹스카페에는 일본에서 본 눈처럼 새하얀 팥빙수를 팔고 있었는데, 선생님께서 사 주셨다. 한편 그날은 우연히도 북성로 믹스카페가 1주년 되는 날이어서 사장 아저씨께서 떡도 챙겨 주셨다. 여기 사장 아저씨는 참 친절하신 것 같다.

마지막으로 교보문고에 갔다. 교보문고는 대형서점이라 책이 정말 많아서 어떤 책을 고를지 힘들었다. 교보문고는 책만 파는 것이 아니었다. 지하 1층에 가면 퍼즐이나 큐브, 문구류도 팔았다.

대구에 처음 갔을 때는 남자가 세 명이라서 걱정되었는데, 두 번째로 대구에 갔을 때는 형들과 많이 친해져서 더 재미있었다. 내년에는 두 명이 가서 걱정이 많이 된다. 하지만 1학년이 있다. 그리고 추풍령에도 대구처럼 큰 서점은 아니더라도 서점이 생겨나면 좋을 것 같다.

책의 의미를 다시 생각하게 되다

서희원

이번 대구탐방은 지난 5월에 이어 두 번째였다. 기차 타고 얼마 안 가 대구역에 도착했다. 처음 대구 탐방을 갔을 때와는 느낌이 아주 달랐다.

처음 대구를 갔을 때는, 대전이나 다른 곳은 많이 가봤지만 대구는 처음이어서 많이 궁금했다. 근데 이번에는 두 번째 대구 탐방이라 떨리는 마음이 덜했다. 대신 대구가 낯설지 않고 대구에서 배워야 할 것들이 더 궁금해졌다.

대구는 언제나 사람들이 바글바글했다. 걸어가다가 잠시 빗방울이 떨어졌다. 떨어지는 비를 피해, '더 폴락'(독립서점)에 가 보았다. 아주 작고 책은 많지 않지만 학생들이 쓴 책도 많아서 구경을 실컷 하고 느낀 것도 많았다.

다음은 동성로 믹스카페로 갔다. 안의 구조가 신기하고 예쁘고 지하실도 특이해서 뚫어져라 쳐다보았다. 안에 앉아서 팥빙수를 먹었는데 엄청 비싸서 네 명이서 한 개씩 나눠 먹었다. 유명하다는 여자 화장실도 가 봤는데, 그다지 특이한 것은 없었지만 화장대가 있었다.

계속해서 근대골목투어를 진행했다. 비가 와서 오랜 시간을 둘러보지는 못했지만 수제화 골목, 경상감영공원 등 대구의 근대 문화를 느낄 수 있는 곳들을 살펴볼 수 있었다.

다음은 교보문고를 갔는데 책이 굉장히 많았다. 미션 수행을 해야 하는데, 미션은 뽑기 종이에 적힌 책 찾기였다. 친구들이랑 언니 오빠들은 다 책이 있었지만, 내가 뽑은 책은 모두 책이 없다고 나왔다. 그래서 그냥 내가 읽어 보고 싶은 책으로 미션 수행을 했다.

마지막으로 뉴욕피자에 갔다. 너무 배가 고파서 샐러드를 와구와구 먹고 피자도 먹고 또 샐러드를 먹었다. 시간이 좀 남아서 지하 상가에 가서 구경하다가 기차 타고 돌아왔다.

나는 이번 기회에 책이 무엇인지 다시 한번 생각해 보게 되었다. 책이 뭐라고, 이렇게 단체로 책을 위해 대구 탐방을 갈까? 평소에 책을 즐겨 읽는 편이 아니었지만, 앞으로는 책을 읽어 볼까 하는 생각이 들었다. 다음에도 또 다시 갔으면 좋겠다.

대구와의 첫 만남

최가현

골목에 대해 알아보기 위해 5월 9일 토요일 기차를 타고 대구에 다녀왔다. 처음 가 보는 대구이기 때문에 더더욱 설레었다. 선생님 말씀 잘 듣고, 많은 걸 배워 오겠다는 마음가짐으로 기차에 발을 올렸다.

우리는 근대문화골목을 탐방하기 시작했다. 맨 처음 간 곳은 화교협회(소학교)였다. 화교협회는 1929년도에 지어진 붉은 벽돌의 2층 서양식 주택이다. 대구 지역 부호인 서병국이, 당시 대구에서 활발하게 활동하던 중국 건축가 모문금에게 설계와 시공을 맡겨 건립한 건물이다. 현관은 화강석을 사용하여 돌출시켰으며 전체적으로 좌우 대칭의 균형미를 이루고 있다. 벽돌은 평양에서 구워 오고 나무는 금강산에서 가져왔다는 설이 있다고 한다. 그리고 화교협회는 해방기에 방첩대 건물로 이용되기도 했다. 수려한 미관을 자랑하는 대구 지역의 대표적인 근대 건축물로 현재는 대구화교협회 사무실로 이용되고 있다. 우리 집도 빨간 벽돌로 이루어져 있기 때문에 좀 더 친근하다는 느낌이 들었다. 건물 앞에 있었던 커다란 나무의 크기만큼 건물이 오래되었다는 것을 알 수 있었다.

두 번째로 간 곳은 이상화, 서상돈의 고택이었다. 들어가는 길로 집 뒷부분이 보여서 그냥 지나칠 수도 있을 것 같았다. 서상돈 선생님은 나라의 빚을 갚아(국채보상운동) 우리나라의 국권을 되찾고자 하신 분이다. 이런 서상돈 선생님을 위해 대구시는 국채보상공원을 조성하고, 이상화 시인의 고택 옆에 있었던 선생님의 생가를 복원하였으며, 그의 숭고한 뜻을 기리고 있다. 왠지 모를 아픔이 담겨져 있는 것 같아 숙연해졌다. 깔끔하게 이루어진 집 구조에 절로 감탄사가 나왔다.

세 번째로 갔던 곳은 계산성당이었다. 그곳에 들어가 보니 창문이 참 예뻤다. 스테인드글라스로 이루어진 그림은 매우 예술적이었다. 한국의 3대 성당이라고 할 정도로 아름다운 성당이라고 한다. 우리는 들어가 좌우를 둘러보며 구경을 하려고 했지만 미사를 하는 중이었기 때문에 조용히 경건한 마음으로 의자로 가서 앉았다. 어르신들께서 미사보를 쓰고 기도를 하고 계셨다. 우리는 간난히 보고 그만 성당에서 나왔다.

마지막 코스는 3·1만세운동길을 따라서 올라가야 보이는 동산

선교사 주택이었다. 그 앞에는 대구의 상징이자 맨 처음으로 심겨
졌다는 사과나무의 후손이 자리 잡고 있었다. 그리고 길을 따라 걸
으니 큰 바위를 볼 수 있었다. 그 바위에는 〈동무생각〉이라는 노래
도 적혀 있었다.

　대구의 더운 열기를 맞으며 여행한 기분은 매우 좋았다. 걸을 때
마다 보이는 붉은 벽돌의 집들과 교회, 성당들은 정말 아름다웠다.
나중에 따로 가서 다시 구경하고 싶을 정도였다.

대구, 이제 정 들겠다

최가현

책쓰기 동아리 도담도담에서 두 번째로 대구를 방문하였다.

제일 먼저 간 곳은 작은 서점이다. 서점의 이름은 '더 폴락'이다. 서점이 전체적으로 크기가 작긴 하지만 내부는 커다란 서점 못지 않게 책들이 배치되어 있었다. 그곳에서 판매되고 있는 책은 이름 이 알려진 유명한 작가들이 쓴 책이 아니었다. 그곳에서는 우리 도 담도담 친구들과 비슷한 또래의 아이들이 쓴 책들도 팔리고 있었 다. 우리 같은 친구들이 쓴 글이 담긴 책들이 의외로 비싼 가격에 판매되고 있었다. 그러나 더 놀라운 것은 그 책들을 실제로 구입하 는 사람들이 있다는 것이다. 누가 그 비싼 가격에 책을 사 가겠나 하겠지만, 어린아이의 눈으로 본 세상의 모습은 정말 있는 그대로 의 사실을 담고 있었고, 그 때문인지 책의 내용이 조금 더 재밌게 느껴졌던 것 같다. 발상의 전환이라고, 생각을 바꾸면 세상이 달라 보인다는 말이 실감이 났다.

여러 가지 책 중에 제목 때문에 눈에 띄는 책들도 몇 가지 있었다. 그 중에 제목이 '시다발'이라는 책이 있었는데, 그 책을 보고 제목에 이끌려 책을 사는 사람들도 있을 것 같다는 생각을 했다.

다음으로 찾아간 곳은 북성로에 있는 '믹스카페'이다. 그곳은 백년이 넘은 건물을 카페로 만든 곳이라고 했다. 때마침 우리가 카페를 방문한 날이 가게 문을 연 지 일 년이 되는 날이라고 했다. 사장님이 직접 건물에 대해 소개를 해 주시기로 했다. 먼저 카페 바닥에 지하와 연결된 계단을 보여 주셨다. 너무 신기했다. 이런 카페 구조를 보고 건축학과 사람들이 많이 찾아온다고 한다. 카페 2층에서 이리저리 둘러보았는데, 주변에 낡은 건물들이 많이 있어서 마치 내가 옛날로 온 것 같았다.

세 번째로 간 곳은 교보문고이다. 그곳에서는 선생님께서 미션을 내주셨다. 쪽지에 적힌 책을 찾아 사진을 찍어오는 것이었다. 내가 뽑은 종이에 적힌 책은 안도현의『간절하게 참 철없이』라는 책이었다. 서점 안내원에게 물어본 후 여러 곳을 기웃거리다가 결국엔 찾았다. 알고 보니 그 책은 안도현 시인의 아홉 번째 시집이라고 한다. 책에는 조용하고 정성스럽게 밥을 짓던 어머니의 손길처럼 잔잔히 마음의 양식을 만드는 시인의 시들이 총 3부로 나누어져 있었다. 늘 생각해 왔지만 여러 개의 많은 시를 짓고, 그 시들을 책으로 엮어 대중들에게 공개하는 시인들이 정말 대단하다고 다시 한 번 느꼈다.

서점에서 나와서는 대구의 골목을 돌아다니면서 이것저것 구경도 했다. 세일 중인 유니클로도 갔다 왔다. 서둘러 예약 시간에 맞춰 피자집에 가서 저녁도 먹었다. 저녁을 먹고 나서는 자유 시간을 갖게 되어서 역사 선생님과 함께 골목을 돌아다녔다. 그러다가 기차시간이 다가와 대구역으로 돌아가야만 했다. 그러고는 기차를 타고 추풍령역으로 향했다.

1학기 때 했던 대구 탐방보다 훨씬 더 많은 것을 알게 되었고, 더 알차고 재밌었던 것 같았다. 조금 더 즐기지 못했다는 것이 아쉬웠다. 또, 앞으로는 도담도담 친구들과 이렇게 대구 탐방을 하지 못할 것이라는 생각이 들어 더 씁쓸하고 더 아쉽다. 하지만 우리 3학년 멤버들이 졸업해서 빠져도 나는 우리 도담도담 친구들이 더 잘할 것이라고 믿는다. 그리고 항상 도담도담을 응원할 것이다. 책쓰기 동아리, 항상 파이팅!

'도담도담' 동아리가 걸어온 길

김기훈

"다음은 어떤 책을 쓸까?"

"이번에는 동화책 써요. 아니면 제주도에 다녀와서 그 이야기를 책으로 쓸까요?"

이제 '도담도담' 식구들이 모이면 자연스럽게 다음 책에 대한 이야기를 나눈다. 사실 이런 질문을 우리 아이들과 주고받을 것이라고는 생각을 못 했다. 일 년 반 전 도서실에 모여 '도담도담'의 출발을 선언했던 그때만 해도 우리가 한 권의 완성된 책을 쓴다는 것은 불가능해 보였다. 책 한 권 제대로 읽어 본 적이 없는 책기피증 의심 학생 열두 명과, 학생문집을 한 번도 만들어 본 적이 없는 어설픈 국어 교사 한 명이 책을 쓰는 게 어디 쉬운 일이었겠는가.

『여드름 필 무렵』은 감히 책쓰기 영역에 도전한 죄로 엄청 고생한 끝에 얻은 선물 같은 책이면서, 한편으로는 새로운 책을 시작할 용기를 준 책이기도 하다. 그러나 무턱대고 다음 책을 쓰는 것보다는 우리들이 지금 어디쯤 서 있는지 돌아보는 게 좋다는 생각이 들었다. 일 년 반 만에 문집 두 권을 묶고 그것을 정식 출판하여 책으로 냈다면 실력에 비해 너무 바쁘게 달려온 것이 아닌가. 이 속도대로 그냥 달려가도 우리들의 첫 마음을 그대로 지킬 수는 있을까. 그래서 '도담도담'이 걸어온 길을 복기해 보고 그 속에서 우리들이 나아갈 길을 발견해 보기로 했다.

『삼국유사』로 스토리텔링을 배우다

우리들은 대구근대골목에서 처음 '스토리텔링'을 접했다. 그냥 무심코 지나쳤을 도심의 낡은 건물, 길(골목) 등이 자신의 본래 '이야기'를 되찾으면서 대구에서 가장 핫(hot)한 공간으로 새롭게 태어났다. 사실 이야기가 없는 곳이란 어디에도 없다. 그저 잊힐 뿐이다. 그런 망각의 속도를 거스르는 건 자연스러운 일은 아니나, 인간의 의지로 기억을 다시 현재에 되살렸다.

이런 스토리텔링은 현대에 들어와서나 시작된 일은 아니었다. 삼국시대 일연 스님은 직접 발로 뛰면서 이야기들을 모았다. 마을 입구를 오랫동안 지켜온 느티나무나 지금은 그 흔적마저 찾기 힘든 옛 절터에 남아 있는 이야기를 따라가다 보면, 문득 우리 주변의 작은 사물에도 이야기가 있음을 알 수 있다. 이 이야기들은 역사, 지리, 사회, 문화, 종교, 예술, 민속 등 다양한 영역에 걸쳐 있으며, 일연 스님은 이를 모아『삼국유사』라는 걸작을 펴냈다.『삼국유사』는 삼국시대의 스토리텔링 작업이자, 우리 민족의 삶을 총체적으로 담고 있는 문화유산이고 보물상자인 셈이다.

『삼국유사』는 우리 민족의 삶에서 건져 올린 팔딱팔딱 뛰는 다양한 이야기들을 통해서, 진정한 삶, 옳은 삶이 무엇인가 질문을 던진다. 당대의 고민과 성찰을 현대의 삶에 그대로 대응시킬 수는 없겠지만, 자간에 숨어 있는 가르침들을 발견하여 스스로 배움으로 이끄는 일은 매우 중요하다.

우리 마을 추풍령을 스토리텔링하다

산업사회, 성장제일주의 시대에는 경쟁에서 도태되는 것들, 돈이 되지 않는 것들에 대해서 너무 홀대한다. 그래서 우리가 살고 있는 추풍령 지역의 많은 이야기들은 그 중요성은 잊힌 채 사라져 가고 있다. 과거를 보러 가던 선비들이 치성을 드리던 석불입상, 마을의 안녕을 기원하던 사당, 마을 입구를 지키는 신비로운 나무, 허리가 굽은 늙은 촌부가 땀 흘려 가꾸고 있는 전답들. 어디에도 이야기는 있으나 경제적 논리에 밀려 개발되었고 사라져 가고 있다. 마찬가지로 우리 시대의 '미생'들이 삶의 터전에서 겪는 수많은 번민들, 수많은 개발로 난도질당해 본래의 모습을 잃어가는 산천들, 우리 시대의 민초들이 살아가면서 만들어낸 수많은 이야기들, 그 속에 담긴 기쁨, 행복, 고통, 괴로움 등도 기록되지 못하고 잊히고 있다.

성장을 위해 질주하는 시대, 자신 혹은 자기 주변의 이야기를 잃어버린 사람들의 정신적인 저항이 최근 인문학 열풍으로, '이야기'에 대한 관심으로 꽃피고 있다. 소외된 존재들의 이야기를 발로 기록하며 시대에 저항하며 스스로의 존엄을 증명하고 있는 것이다. 이런 이야기들은 『삼국유사』에 필적할 만한 이 시대의 인문학이라고 부를 수 있다. 지금 우리가 『삼국유사』의 책장을 열어 자간에서 깨달음을 얻듯, '우리들의 삼국유사' 또한 후대의 독자들을 깨달음과 배움으로 이끌 수 있을 것이다. 한편 발로 뛰는 '우리들의 삼국유사'는 동시대를 살아가는 사람들에게도 작고 연약한 것들이 지니는 가치를 다시 한번 돌아보게 할 수 있을 것이다.

앞으로도 '이야기'는 힘을 더해 갈 것이라고 생각한다. 평범한 공간에 이야기를 입혀 가치를 창출하는 일은 새로운 유행이 되고 있다. 물론 여기에 '자본'의 관심이 큰 역할을 한 것은 의심할 여지가 없다. 하지만 우리들은 그 가치가 곧 돈이라고 생각지는 않는다. 오히려 우리 삶에 '그럴듯한 이야기'를 덧붙이는 것은, 우리가 더욱 자부심을 갖고 더 나은 삶을 꿈꾸기 위한 바탕이라고 생각한다. 이제 '스토리텔링'의 단맛을 잠깐 맛본 우리 동아리 학생들이 우리 마을의 이야기를 통해 성장하고 새로운 가치를 발견할 수 있기를 바란다.

학생 인문 책쓰기 동아리 '도담도담'이 걸어온 발자국

우리 책쓰기 동아리의 시작은 쉽지 않았다. 2014년 당시 전교생이 쉰두 명밖에 되지 않는 작은 학교인 데다가, 야간 반딧불교실 등 방과후활동, 자유학기제 선도학교로서 진행했던 다양한 체험활동 때문에 동아리 활동 시간을 확보하기가 쉽지 않았다. 하지만 우리의 삶을 이해하고 그 발자국을 기록하고 싶다는 열정은 쉽게 사라지지 않았다.

평일 늦은 시간에도 책쓰기 동아리 회원들이 모두 모여 활동 계획을 세우고, 구체적인 취재 계획을 토의했다. 일요일임에도 불구하고 멀리 영동군까지 지역 대표 축제의 즐거운 현장을 취재하기도 하였다. 방학 중에는 마을 곳곳을 누비며 어르신들을 만나 취재하고 그 내용들을 원고로 정리했다. 아직은 서투른 중학생들의 기록은, 어설프지만 소중한 우리 삶을 담아내어 왔다고 조심스럽게 평가해 본다.

① 2014년: 우리 학교, 우리 동네 추풍령의 이야기를 찾아 쓰다

2014년, 도담도담은 우리 학교와 우리 동네의 이야기를 쓰는 데 힘을 쏟았다. 우선 추풍령중학교의 역사를 지켜봐 오신 강태영 이사(추풍령기상대 소장 퇴임)의 이야기를 통해 우리 학교가 걸어온 길을 기록할 수 있었다. 네 시간에 걸친 마라톤 인터뷰로도 추풍령중학교 70여 년의 역사 중 겨우 20년 정도만을 다루었을 정도로 우리 학교의 역사는 이야깃거리가 풍부하다. 첫 문집 '뚜벅뚜벅 내 두 발로 만난 추풍령 이야기'에 그 일부를 담았다. 이외에도 추풍령중학교 교육가족들(졸업생, 학부모, 법인 이사장님 등)의 진심 어린 조언, 학교에 관한 소회 등도 책을 더욱 빛내 주었다.

한편 우리네 삶의 터전인 영동을 잘 이해하기 위해서 과거와 현재를 모두 다뤄 보고 싶은 것이 우리의 첫 마음가짐이었다. 그래서 우리가 방문한 곳이 현재 지역의 대표 축제로 자리매김한 난계국악축제와 와인축제였다. 직접 축제에 참가하여 다양한 프로그램을 체험하고, 그 프로그램을 준비하는 사람들을 취재하면서, 영동의 현재 모습을 담아낼 수 있었다.

원래 영동 지역의 여러 문화유산을 답사하고 이를 글로 옮기려고 했으나, 우리의 역량을 고려하여 '우리 마을'로 취재 범위를 좁혔다. 추풍령면의 15개 리 중 도담도담 회원이 거주하고 있는 6개 마을과 백두대간 자락인 추풍령에 대한 소개를 글로 써내려갔다. 가급적 관공서의 기록에 의존하지 않고 그 마을의 '이야기 보따리'

를 찾아 직접 살아 있는 삶의 이야기들을 듣고 기록하려 애썼다. 마을의 유래, 아직 그 흔적이 남아 있는 옛 지명들, 마을의 역사 등이 주로 우리가 마을 어르신들의 입을 통해 발견한 이야기들이다. 그 와중에 지봉리의 정도웅 할아버지와 같은, 마을 이야기를 잘 보존하고 계신 '진짜 이야기 보따리'를 만난 것은 큰 행운이었다.

끝으로 우리들은 고대국가들이 흥망성쇠해 온 역사, 방대한 설화, 불교와 민속 신앙 자료가 어우러져 있는 『삼국유사』를 읽고, 토론하며 『삼국유사』의 속살을 들여다보았다. 고운기 교수의 『삼국유사, 길 위에서 만나다』로 책 읽기를 시작하였으며, 『삼국유사』에 담긴 우리 민족의 삶을 이해하기 위해 노력하였다. 2014년 12월에는 고운기 교수를 초대하여 『삼국유사』에 대한 이해의 폭을 넓혔다. 저자의 배려로 동아리와의 간담회를 진행했고, 이를 통해 학생들의 글쓰기에 큰 도움을 얻었다.

첫해는 2학기(8월)를 시작하며 동아리를 구성해서 이듬해 2월에 첫 문집을 펴냈다. 짧은 기간에 책을 완성해야 하는 상황이라 책쓰기 과정을 압축적으로 진행해야 했다. 학기 중에는 『삼국유사』 읽기, 취재와 기본 글쓰기를, 겨울방학에는 집중적으로 피드백과 책 만들기에 애썼다.

② 2015년: 지금 우리들의 삶의 모습과 우리 동네에 얽힌 나의 이야기를 쓰다

2014년 처음으로 추풍령 이야기를 취재해서 문집으로 펴냈고,

학생들이 마을 이야기에 관심을 가질 수 있었던 큰 성과에도 불구하고 학생 저자들의 얼굴은 그리 밝지 않았다. 바쁜 일정 탓도 있었 겠지만, 중학생 자신들의 이야기를 담아 내지 못했기 때문이리라. 학생들이 재미있게 쓸 수 있는 책은 이상만 높은 책이 아니었다. 자신들의 삶을 그대로 써내려갈 때 학생들은 즐거워했다. 이 당연한 교훈을 비싼 수업료를 지불하고서야 알게 되었다니.

여드름이 송송 날 무렵, 중학생들의 일상은 어떤 모습일까? 친구들 혹은 가족들과의 관계 문제, 진로 문제, 학업 문제, 경제적 형편 등 다양한 고민거리들이 우리 아이들의 삶 속에서 뒤섞여 있을 것이다. 추풍령 시골 마을 중학생들 역시 왜 중학생을 하고 있는지, 어떻게 살아야 할지 질문을 던져볼 새도 없이 바쁘게 하루하루를 보내고 있다. 그래서 '도담도담'의 바쁜 일상을 잠깐 멈추게 하는 글쓰기를 기획했다. 자신의 삶을 글로 옮기면서 자연스럽게 자기 성찰과 마음 공부도 병행하는 효과를 노렸다.

물론 우리들의 일상만 담아낸 것은 아니었다. 2015년에도 '우리들의 마을 이야기'는 계속 써내려갔다. 다만 방향은 다소 바뀌었다. 거시적인 측면에서 마을을 다루지 않고 미시적인 측면에서 학생들의 숨결이 묻어나는 마을 이야기를 쓰기로 했다. 주제의 범위를 좁히니 작년보다는 훨씬 편안하게 자신의 이야기를 써내려갈 수 있었다. 글이 훨씬 좋아진 것은 말할 것도 없다.

2015년에도 스토리텔링에 관한 공부는 계속되었다. 2014년에

이어 2015년에도 두 번에 걸쳐 대구근대골목투어를 진행하였다. 이번에는 우리 마을을 스토리텔링하면 어떻게 할 수 있을까 고민해 보았으며, 거칠기는 하지만 대구의 골목과 추풍령의 골목이 만나 종이 위에 펼쳐졌다. 앞으로도 스토리텔링 우수 지역을 찾아다니며 배움을 얻을 예정이다. 동시에 우리 마을에 대한 스토리텔링 작업을 계속해 나갈 예정이다. 기존의 이야기들을 바탕으로 하여 상상력의 양념으로 잘 버무려진 맛있는 이야기들이 만들어질 것이라 기대해 본다.

이 모든 일들은 내 삶을 돌아보는 일을 기본으로 진행되었다. 책 『프리덤 라이터스 다이어리』(에린 그루웰)를 읽고 문학 토론을 하거나, 내 삶을 성찰했다. 대구 책쓰기 동아리 운영 교사들에게 팁을 얻어 '나의 알깨기'*를 진행했는데, 자기 고민거리들을 솔직하게 털어놓고 글을 쓰는 일이 삶을 치유하는 과정이 되기도 하였다. 나의 알깨기와 일상 쓰기가 함께 진행되었으나, 공개를 원하지 않은 글들은 제외하여 이 책에서 만날 수는 없다. 알깨기 프로그램과 자서전 쓰기를 병행하여 진행하면 그 교육적 효과가 더욱 커질 것이라

---

* 김묘연 선생님(대구 자연과학고등학교 국어 교사)은 2014년 아이들과 책쓰기 동아리를 운영하면서 알깨기 프로그램을 운영하였다. 이 프로그램은 학생들 스스로를 옥죄고 있는 억압, 굴레, 자괴감, 열등감 등을 모두 꺼내 놓고 표현하는 글쓰기 활동을 통해, 학생들이 껍질을 깨고 다시 태어날 수 있도록 지지해 주는 프로그램이다. 꽁꽁 숨겨 두었던 나의 어두운 부분을 꺼내 동료들과 나누는 것만으로도 마음의 짐을 덜고 상처에서 벗어날 수 있는 경우가 많았다.

고 짐작해 본다.

첫 해는 정기적인 모임이 어려웠다. 바쁜 학교 일정(야간 반딧불교실 등)으로 인해 일정 잡기가 쉽지 않은 탓이었다. 그 문제는 2015년에도 여전했다. 다행히 목요일 저녁 시간에는 특별한 방과후학교 프로그램이 없어서 주로 목요일 저녁에 만나 동아리 활동을 했다. 단 저녁 시간에 동아리를 운영하다 보니 저녁식사 준비를 해야 했고, 동아리 예산의 상당 부분을 식대로 지출할 수밖에 없었다. 그래도 동아리 활동 시간이 안정적으로 확보되어 삶 쓰기, 알깨기, 독서토론, 낭독회 등 다양한 활동을 할 수가 있었다. 하지만 원고 제출이 일정보다 늦어지는 일은 여전해서 서로 글을 돌려 보고 손을 봐 주지 못해 아쉬웠다. 결국 교사 한 명만이 피드백을 처음부터 해 줄 수밖에 없어 지도 교사도 힘들었고, 학생들은 더 많은 독자들에게 피드백을 받을 기회를 얻지 못해 안타까웠다. 3기 도담도담을 운영하면서는 일정을 잘 고려해서 또래 독자들의 반응을 미리 볼 수 있도록 노력할 필요가 있겠다.

끝으로 3기 도담도담의 경우, 동아리 운영의 많은 권한을 교사에게서 학생으로 이양할 필요가 있다고 본다. 교사가 정점에 있는 동아리는 아무래도 학생들이 수동적인 자세로 활동할 수밖에 없고 오랫동안 생명력을 유지하기는 힘들다. 동아리 구성원들이 주인의식을 갖고 동아리의 전통을 만들어 가도록 돕는 조력자의 역할을 교사가 해야 할 것이다.

천천히, 느리게, 그렇게 우리의 속도대로 걷고 싶다

추풍령중학교는 전교생이 마흔세 명밖에 되지 않은 작은 학교이며, 충북과 경북의 경계에 위치하고 있는 변방의 학교이기도 하다. 농촌 인구의 감소는 70년의 역사를 자랑하는 우리 학교의 미래를 불투명하게 만들었다. 그러나 이런 조건에도 불구하고 작은 학교만이 할 수 있는 다채로운 교육프로그램을 운영하여 희망을 일구고 있다.

학생 인문 독서 책쓰기 동아리가 그 대표적인 예라고 할 수 있다. 학교가 작다 보니 전교생의 20퍼센트가 넘는 학생들이 동아리 회원으로 활동하면서 책 읽기와 책 쓰기를 통해 성장해나가고 있다. 사실 도시의 속도만큼 눈부신 결과물이나 학생의 변화를 이뤄내기는 어렵다고 본다. 그러기엔 학생들의 준비도 교사와 지역사회의 역량도 부족하다. 하지만 천천히, 느리게, 변화가 일어나고 있음을 곳곳에서 확인할 수 있다. 학생들의 글만 하더라도 2014년과 2015년은 내용과 형식면에서 모두 성장했다!

두 권의 문집을 엮어 내고도 글 쓰는 일이 아직도 어색한 열셋, 열넷, 열다섯 살 어린 작가들이지만, 작은 시골 마을, 시골 학교와 함께 살아 있는 자신들의 기억을 자신들의 방식대로 써내려가고 싶어 한다. 그리고 도담도담은 오랫동안 자기만의 전통을 만들며 이 소중한 작가들을 지원하게 될 것이다. 이런 발걸음들이 모여 끝내 오랫동안 읽고 또 읽히는, 직접 내 발로 뛰면서 만들어낸, '우리들의 삼국유사'가 탄생할 것이라 믿는다.

추풍령중학교 '도담도담'이 만난 일상, 마을, 역사

여드름 필 무렵

초판 1쇄 발행 2016년 6월 7일

지은이 추풍령중학교 도담도담
펴낸이 오은지
책임편집 변홍철
펴낸곳 도서출판 한티재 등록 2010년 4월 12일 제2010-000010호
주소 42087 대구시 수성구 달구벌대로 492길 15
전화 053-743-8368 팩스 053-743-8367
전자우편 hantibooks@gmail.com 블로그 www.hantibooks.com

ⓒ 추풍령중학교 도담도담 2016
ISBN 978-89-97090-58-7 43810

이 도서의 국립중앙도서관 출판예정도서목록(CIP)은 서지정보유통지원시스템 홈페이지
(http://seoji.nl.go.kr)와 국가자료공동목록시스템(http://www.nl.go.kr/kolisnet)에서
이용하실 수 있습니다. (CIP제어번호: CIP2016012396)